Von Agatha Christie sind erschienen:

Das Agatha Christie Lesebuch
Alibi
Alter schützt vor Scharfsinn nicht
Auch Pünktlichkeit kann töten
Auf doppelter Spur
Der ballspielende Hund
Bertrams Hotel
Der blaue Expreß
Blausäure
Das Böse unter der Sonne oder
  Rätsel um Arlena
Die Büchse der Pandora
Der Dienstagabend-Klub
Ein diplomatischer Zwischenfall
Dreizehn bei Tisch
Elefanten vergessen nicht
Die ersten Arbeiten des Herkules
Das Eulenhaus
Das fahle Pferd
Fata Morgana
Das fehlende Glied in der Kette
Ein gefährlicher Gegner
Das Geheimnis der Goldmine
Das Geheimnis der Schnallenschuhe
Das Geheimnis von Sittaford
Die großen Vier
Das Haus an der Düne
Hercule Poirots größte Trümpfe
Hercule Poirot schläft nie
Hercule Poirots Weihnachten
Karibische Affäre
Die Katze im Taubenschlag
Die Kleptomanin
Das krumme Haus
Kurz vor Mitternacht
Lauter reizende alte Damen
Der letzte Joker
Die letzten Arbeiten des Herkules
Der Mann im braunen Anzug
Die Mausefalle und andere Fallen
Die Memoiren des Grafen
Mit offenen Karten
Mörderblumen
Mördergarn
Die Mörder-Maschen
Mord auf dem Golfplatz
Mord im Orientexpreß
Mord im Pfarrhaus
Mord im Spiegel
  oder Dummheit ist gefährlich
Mord in Mesopotamien
Mord nach Maß
Ein Mord wird angekündigt
Die Morde des Herrn ABC
Morphium
Nikotin
Poirot rechnet ab
Rächende Geister
Rotkäppchen und der böse Wolf
Ruhe unsanft
Die Schattenhand
Das Schicksal in Person
Schneewittchen-Party
Ein Schritt ins Leere
16 Uhr 50 ab Paddington
Der seltsame Mr. Quin
Sie kamen nach Bagdad
Das Sterben in Wychwood
Der Tod auf dem Nil
Tod in den Wolken
Der Tod wartet
Der Todeswirbel
Tödlicher Irrtum
  oder Feuerprobe der Unschuld
Die Tote in der Bibliothek
Der Unfall und andere Fälle
Der unheimliche Weg
Das unvollendete Bildnis
Die vergeßliche Mörderin
Vier Frauen und ein Mord
Vorhang
Der Wachsblumenstrauß
Wiedersehen mit Mrs. Oliver
Zehn kleine Negerlein
Zeugin der Anklage

Agatha Christie

Die letzten Arbeiten des Herkules

Scherz
Bern – München – Wien

Überarbeitete Fassung der einzig berechtigten Übertragung
aus dem Englischen von Fr. von Wurzian
Titel des Originals: »The Labours of Hercules«
Schutzumschlag von Heinz Looser
Foto: Thomas Cugini

18. Auflage 1992, ISBN 3-502-50734-1
Copyright © 1939, 1940, 1944, 1945, 1947 by Agatha Christie
Gesamtdeutsche Rechte beim Scherz Verlag Bern und München
Gesamtherstellung: Ebner Ulm

Der Kretische Stier

Hercule Poirot schaute seine Besucherin nachdenklich an. Er sah ein blasses Gesicht mit einem energischen Kinn, Augen, die eher grau als blau waren, und Haare von jenem bläulichen Schwarz, das man so selten sieht – die hyazinthenfarbenen Locken der alten Griechen.

Er bemerkte das gutgeschnittene, aber abgetragene Tweedkostüm, die schäbige Handtasche und den unbewußten Hochmut unter der offensichtlichen Nervosität des jungen Mädchens.

Zweifellos Klasse, dachte er im stillen – aber kein Geld! Und es muß etwas ganz Ausgefallenes sein, das sie zu mir führt.

Diana Maberly begann mit leise bebender Stimme:

»Ich – ich weiß nicht, ob Sie mir helfen können oder nicht, Monsieur Poirot. Es ist – es ist eine ganz ungewöhnliche Situation –«

»Ja?« ermunterte sie Poirot. »Sagen Sie mir, worum es sich handelt.«

»Ich bin zu Ihnen gekommen, weil ich mir nicht zu helfen weiß! Ich weiß nicht einmal, ob man überhaupt etwas machen kann!« rief Diana Maberly aus.

»Das lassen Sie mich beurteilen.«

Die Farbe schoß dem jungen Mädchen plötzlich ins Gesicht. Sie sagte hastig und atemlos:

»Ich bin zu Ihnen gekommen, weil der Mann, mit dem ich seit über einem Jahr verlobt war, die Verlobung aufgelöst hat.«

Sie hielt inne und sah ihn trotzig an.

»Sie müssen mich für komplett verrückt halten.«

Hercule Poirot schüttelte langsam den Kopf.

»Im Gegenteil, Mademoiselle, ich zweifle nicht im geringsten, daß Sie außergewöhnlich klug sind. Es ist

nicht mein *métier*, entzweite Liebende zu versöhnen, und ich weiß sehr gut, daß Sie sich dessen bewußt sind. Daher ist an der Auflösung dieser Verlobung etwas Außergewöhnliches, nicht wahr?«
Das Mädchen nickte.
»Hugh hat unsere Verlobung gelöst, weil er glaubt, daß er im Begriff ist, wahnsinnig zu werden. Er findet, daß Wahnsinnige nicht heiraten sollen«, erklärte sie atemlos.
Hercule Poirots Augenbrauen hoben sich ein wenig.
»Und sind Sie nicht auch dieser Meinung?«
»Ich weiß nicht... Was ist ›verrückt sein‹ überhaupt? Jedermann ist ein wenig verrückt.«
»Das sagt man«, stimmte Poirot vorsichtig zu.
»Erst wenn man anfängt, sich für ein pochiertes Ei zu halten, muß man eingesperrt werden.«
»Und Ihr Verlobter hat dieses Stadium nicht erreicht?«
»Ich kann überhaupt nichts Abnormales an Hugh finden«, erwiderte Diana Maberly. »Er – oh, er ist der vernünftigste Mensch, den ich kenne. Vernünftig, verläßlich –«
»Warum glaubt er dann, daß er verrückt wird?« Poirot machte eine kleine Pause, ehe er fortfuhr. »Ist vielleicht Wahnsinn in der Familie?«
Diana nickte bejahend:
»Sein Großvater war nicht normal – glaube ich«, erklärte sie widerstrebend, »und irgendeine Großtante. Aber in jeder Familie ist doch irgend jemand verdreht. Unter- oder überbegabt oder irgend etwas, nicht wahr?«
Sie sah ihn mit flehenden Augen an.
Hercule Poirot schüttelte traurig den Kopf und meinte:
»Es tut mir furchtbar leid für Sie, Mademoiselle.«

Sie streckte das Kinn in die Luft.
»Ich will nicht, daß Sie mich bedauern! Ich will, daß Sie etwas *tun*!«
»Was soll ich tun?«
»Ich weiß nicht – aber irgend etwas stimmt nicht.«
»Sagen Sie mir bitte alles über Ihren Verlobten, Mademoiselle.«
Diana sprach hastig:
»Sein Name ist Hugh Chandler, vierundzwanzig Jahre alt. Sein Vater ist Admiral Chandler. Sie leben in Lyde Manor, einer Besitzung, die seit der Zeit von Königin Elisabeth I. Eigentum der Familie ist. Hugh ist der einzige Sohn. Er ging zur Marine – alle Chandlers sind Seeleute, es ist eine Art Tradition, seit Sir Gilbert Chandler im Jahre fünfzehnhundert und etwas mit Sir Walter Raleigh auf den Meeren segelte. Hugh ging selbstverständlich zur Marine; sein Vater hätte nichts anderes geduldet. Und doch – und doch hat sein Vater darauf bestanden, daß er den Dienst quittiert!«
»Wann war das?«
»Vor fast einem Jahr. Ganz plötzlich.«
»War der junge Chandler in seinem Beruf glücklich?«
»Vollkommen.«
»Hat es irgendeinen Skandal gegeben?«
»Im Zusammenhang mit Hugh? Keineswegs. Er kam glänzend vorwärts. Er – er konnte seinen Vater nicht verstehen.«
»Welche Gründe gab Admiral Chandler selbst an?«
»Er gab nie einen triftigen Grund an. Oh! Er sagte, Hugh müsse lernen, das Gut zu verwalten – aber – aber das war nur ein Vorwand«, klagte Diana. »Sogar George Frobisher hat das bemerkt.«
»Wer ist George Frobisher?«
»Colonel Frobisher. Er ist Admiral Chandlers bester

Freund und Hughs Taufpate. Er verbringt den größten Teil des Jahres in Lyde Manor.«
»Und was sagte Colonel Frobisher zu Admiral Chandlers Entschluß, daß sein Sohn den Dienst bei der Marine aufgeben sollte?«
»Er war sprachlos. Er konnte es nicht fassen. Niemand konnte es fassen.«
»Nicht einmal der junge Chandler selbst?«
Diana antwortete nicht gleich. Poirot wartete einen Augenblick, dann fuhr er fort:
»Damals war er vielleicht auch verblüfft. Aber jetzt? Hat er nichts gesagt – gar nichts?«
»Er sagte – vor ungefähr einer Woche –, sein Vater habe recht gehabt, es sei das einzig Mögliche gewesen«, murmelte Diana widerstrebend.
»Haben Sie ihn gefragt, warum?«
»Natürlich, aber er wollte es mir nicht sagen.«
Hercule Poirot überlegte eine Weile. Dann forschte er weiter:
»Sind in Ihrer Gegend irgendwelche ungewöhnlichen Dinge vorgefallen? Ich meine, vor ungefähr einem Jahr? Irgend etwas, das in der Gegend zu Gerede und Vermutungen Anlaß gegeben hätte?«
Sie fuhr auf: »Ich weiß nicht, was Sie sagen wollen!«
Poirot sprach ruhig, aber seine Stimme hatte etwas Gebieterisches:
»Es wäre besser, wenn Sie es mir sagen würden.«
»Es war nichts – nichts in der Art, wie Sie es meinen.«
»Von welcher Art denn?«
»Sie sind abscheulich! Auf dem Lande geschehen oft sonderbare Dinge. Aus Rache – oder es ist der Dorftrottel oder sonst jemand.«
»Was ist geschehen?«
»Es war ein großes Aufheben wegen irgendwelcher Schafe ... ihre Hälse waren durchgeschnitten. Oh! Es

war grauenhaft! Aber sie gehörten alle dem gleichen Bauern, und er ist ein sehr harter Mann. Die Polizei hielt es für einen Racheakt.«
»Aber der Täter wurde nicht ermittelt?«
»Nein.«
Sie fügte heftig hinzu: »Aber wenn Sie denken –«
Poirot hob die Hand und wehrte ab:
»Sie wissen nicht im geringsten, was ich denke. Sagen Sie mir, hat Ihr Verlobter einen Arzt konsultiert?«
»Er weigert sich. Er – er haßt Ärzte«, erklärte Diana.
»Und sein Vater?«
»Ich glaube, der Admiral hat auch kein Vertrauen zu Ärzten. Er sagt, es sind lauter Quacksalber.«
»Was für einen Eindruck macht Ihnen der Admiral selbst? Ist er gesund? Zufrieden?«
Diana sagte leise:
»Er ist furchtbar gealtert in – in –«
»Im letzten Jahr?«
»Der Schatten dessen, was er einst war.«
Poirot nickte nachdenklich, dann fragte er:
»War er mit der Verlobung seines Sohnes einverstanden?«
»O ja. Wissen Sie, unser Gut grenzt an das seine. Wir sind seit Generationen dort. Er war überglücklich, als Hugh und ich einig wurden.«
»Und jetzt? Was sagte er dazu, daß die Verlobung aufgelöst wurde?«
Sie antwortete mit unsicherer Stimme:
»Ich traf ihn gestern vormittag. Er sah elend aus. Er nahm meine Hand in die seinen und sagte: ›Es ist hart für dich, mein Kind. Aber der Junge handelt richtig – es ist das einzige, was er tun kann.‹«
»Und so«, führte Hercule Poirot aus, »kamen Sie zu mir?«

Sie nickte und fragte: »Können Sie irgend etwas machen?«
»Das weiß ich nicht, aber ich kann zumindest mitkommen und mich umsehen«, erwiderte Hercule Poirot.

Hugh Chandlers prächtiger Körperbau fiel Hercule Poirot vor allem auf. Groß und wunderbar proportioniert, mit einem mächtigen Thorax und breiten Schultern und einem Schopf dichter hellbrauner Haare. Er war die Verkörperung von Kraft und Männlichkeit.
Gleich nach der Ankunft in ihrem Heim hatte Diana Admiral Chandler angerufen, und sie waren sogleich nach Lyde Manor gegangen, wo der Tee sie auf einer langen Terrasse erwartete. Und mit dem Tee drei Männer. Admiral Chandler, weißhaarig, älter aussehend, als er war, die Schultern wie von einer schweren Last gebeugt und mit dunklen melancholischen Augen. Sein Freund, Colonel Frobisher, war sein direkter Gegensatz, ein vertrocknetes, zähes Männchen mit rötlichem Haar, das an den Schläfen zu ergrauen begann. Ein unruhiger, reizbarer, bissiger kleiner Mann, ein wenig wie ein Foxterrier – aber mit ausnehmend klugen Augen. Er hatte die Angewohnheit, die Stirn zu runzeln, den Kopf zu senken und dabei vorzustrecken und einen aus besagten klugen Augen durchdringend anzublicken. Der dritte war Hugh.
»Prachtexemplar, was?« meinte Colonel Frobisher.
Er sprach mit gedämpfter Stimme, er hatte Poirots prüfende Blicke auf den jungen Mann bemerkt.
Hercule Poirot nickte. Er und Frobisher saßen nebeneinander. Die anderen drei hatten am entgegengesetzten Ende des Teetisches Platz genommen und plauderten mit etwas gezwungener Munterkeit.
Poirot flüsterte: »Ja, er ist prachtvoll – prachtvoll. Er ist ein junger Stier – ja, man könnte sagen, der Posei-

don geweihte Stier ... Ein Prachtexemplar gesunder Männlichkeit.«
»Sieht ganz gesund aus, nicht?«
Frobisher seufzte. Seine schlauen, kleinen Augen beobachteten Hercule Poirot verstohlen von der Seite. Plötzlich sagte er:
»Ich weiß, wer Sie sind.«
»Das ist kein Geheimnis!«
Poirot winkte vornehm mit der Hand. Die Geste sollte bedeuten, daß er nicht inkognito hier sei. Er reiste unter seinem wirklichen Namen.
Nach einem Augenblick fuhr Frobisher fort: »Hat das Mädel Sie wegen – der Geschichte hergebracht?«
»Der Geschichte?«
»Der Geschichte mit Hugh ... Ja, ich sehe, daß Sie informiert sind. Aber ich verstehe nicht recht, warum sie sich gerade an *Sie* gewendet hat ... ich habe nicht gewußt, daß so etwas in Ihr Gebiet gehört. Ich will damit sagen, daß es doch mehr eine medizinische Angelegenheit ist.«
»Alles gehört in mein Gebiet. Sie würden staunen.«
»Ich verstehe nicht ganz, was sie sich vorstellt, daß Sie tun können?«
»Miss Maberly«, erklärte Poirot, »ist eine kämpferische Natur.«
Colonel Frobisher nickte eifrig zustimmend.
»Ja, sie ist die echte Kampfnatur. Sie ist ein Prachtmädel – will den Kampf nicht aufgeben. Aber leider gibt es Dinge, gegen die man nicht aufkommen kann.«
Er sah plötzlich alt und müde aus.
Poirot dämpfte seine Stimme noch mehr. Er murmelte diskret: »Wie ich verstanden habe, ist Geisteskrankheit in der Familie?«
Frobisher nickte.
»Taucht nur ab und zu auf –«, flüsterte er. »Über-

springt ein bis zwei Generationen. Hughs Großvater war der letzte.«
Poirot warf einen raschen Blick auf die anderen drei Anwesenden. Diana machte tapfer Konversation. Sie lachte und neckte Hugh. Man hätte die drei für die sorglosesten Menschen der Welt halten können.
»Welche Formen nahm der Wahnsinn an?« forschte Poirot leise weiter.
»Der alte Junge wurde zum Schluß ziemlich rabiat. Er war bis dreißig ganz gesund – vollkommen normal. – Dann begann er etwas wunderlich zu werden. Es dauerte eine Weile, bis die Leute es bemerkten. Dann begannen Gerüchte zu kursieren. Man munkelte. Dinge ereigneten sich, die vertuscht wurden. Aber –«, er hob die Schultern, »er endete in totalem Wahnsinn, der arme Teufel! Er wurde gefährlich und mußte amtlich für geisteskrank erklärt werden.«
Nach einer kleinen Pause fügte er hinzu: »Er wurde, glaube ich, sehr alt ... Das ist es, wovor Hugh sich fürchtet. Darum will er keinen Arzt konsultieren. Er fürchtet, daß man ihn einsperrt und er jahrelang eingesperrt weiterleben muß. Ich kann es ihm nicht verdenken. Ich würde genauso empfinden.«
»Und wie nimmt Admiral Chandler die Sache auf?«
»Es hat ihn völlig gebrochen.« Frobisher sprach abgehackt.
»Liebt er seinen Sohn sehr?«
»Er geht in ihm auf. Wissen Sie, seine Frau ertrank bei einem Bootsunglück, als der Junge erst zehn Jahre alt war. Seither hat er nur für das Kind gelebt.«
»Ist er sehr an seiner Frau gehangen?«
»Er hat sie angebetet. Jedermann betete sie an. Sie war – sie war eine der schönsten Frauen, die ich je gekannt habe.« Er schwieg einen Augenblick und stieß dann hervor: »Wollen Sie ihr Porträt sehen?«

»Es würde mich sehr interessieren.«
Frobisher schob seinen Stuhl zurück. Laut verkündete er: »Ich zeige Monsieur Poirot ein paar Sachen. Er ist ein Kunstkenner.«
Der Admiral winkte zerstreut. Frobisher stapfte die Terrasse entlang, und Poirot folgte ihm. Für einen Augenblick ließ Diana die Maske der Heiterkeit fallen, und er las die bange Frage auf ihren Zügen. Hugh hob den Kopf und blickte den kleinen Mann mit dem großen Schnurrbart ruhig an.
Poirot folgte Frobisher ins Haus. Nach dem Sonnenlicht draußen war es drinnen so dunkel, daß er die Gegenstände kaum unterscheiden konnte. Aber er bemerkte, daß das Haus mit schönen alten Sachen angefüllt war.
Colonel Frobisher führte Poirot in die Gemäldegalerie. An den getäfelten Wänden hingen Porträts der verstorbenen Chandlers. Ernste und heitere Gesichter, Männer in Hofkleidung oder Marineuniformen. Frauen in Perlen und Seide.
Schließlich blieb Frobisher unter einem Porträt am Ende der Galerie stehen.
»Von Orpen gemalt«, sagte er mit rauher Stimme.
Sie standen beide da und blickten zu einer großen, schlanken Frau empor, die einen Windhund am Halsband hielt. Eine Frau mit kastanienbraunem Haar und einem Ausdruck strahlender Lebensfreude.
»Der Junge ist ihr Ebenbild«, meinte Frobisher, »finden Sie nicht?«
»In manchen Dingen, ja.«
»Er hat natürlich nicht ihre Zartheit – ihre Weiblichkeit. Er ist eine männliche Ausgabe – aber in allem Wesentlichen –« Er brach ab. »Schade, daß er von den Chandlers das einzige geerbt hat, das er sehr gut hätte entbehren können ...«

Sie schwiegen. Es lag eine Melancholie in der Luft, die sie umgab – als würden die verstorbenen Chandlers über die schreckliche Krankheit seufzen, die ihre Familie seit Generationen immer wieder heimsuchte ...
Hercule Poirot wandte den Kopf, um seinen Gefährten anzusehen. George Frobisher blickte noch zu der schönen Frau an der Wand empor. Und Poirot fragte leise:
»Sie kannten sie gut?«
Frobisher stieß mühsam hervor:
»Wir sind zusammen aufgewachsen. Ich ging als junger Offizier nach Indien, als sie sechzehn Jahre alt war ... Als ich heimkam – war sie Chandlers Frau.«
»Kannten Sie ihn auch gut?«
»Chandler ist einer meiner ältesten Freunde, mein bester – er war es immer.«
»Haben Sie nach der Heirat viel mit ihnen verkehrt?«
»Ich habe fast alle meine Urlaube hier verbracht. Der Ort ist mir eine zweite Heimat. Charles und Caroline hielten immer ein Zimmer für mich bereit – es erwartete mich immer fix und fertig ...« Er straffte seine Schultern und schob seinen Kopf kampflustig vor. »Darum bin ich jetzt hier – um ihnen beizustehen, wenn ich gebraucht werde. Wenn Charles mich braucht – ich bin zur Stelle.«
Wieder streifte sie der Hauch der Tragödie.
»Und was halten Sie – von alledem?« forschte Poirot.
Frobisher stand unbeweglich da, seine Brauen zogen sich zusammen.
»Ich finde, je weniger man darüber spricht, desto besser. Und, offen gesagt, verstehe ich nicht, warum Diana Sie hierhergeschleppt hat.«
»Sie wissen, daß Diana Maberlys Verlobung mit Hugh Chandler aufgelöst wurde.«
»Ja, ich weiß es.«

»Und kennen Sie den Grund?«
Frobisher antwortete steif:
»Junge Leute machen diese Dinge untereinander ab. Es ist nicht an mir, mich einzumischen.«
»Hugh Chandler hat Diana erklärt, daß sie nicht heiraten können, weil er im Begriff ist, den Verstand zu verlieren«, führte Poirot aus.
Er sah, wie sich auf Frobishers Stirn Schweißperlen bildeten.
Er sagte:
»Müssen wir über die verdammte Geschichte sprechen? Was glauben Sie denn, machen zu können? Hugh hat das einzig Richtige getan, der arme Teufel. Es ist nicht seine Schuld, es ist Vererbung – Keimplasma – Ganglien ... Aber im Augenblick, da er es erfuhr, was blieb ihm denn übrig, als die Verlobung zu lösen? Es gehört zu den Dingen, die getan werden müssen.«
»Wenn ich überzeugt wäre, daß –«
»Lassen Sie es sich gesagt sein.«
»Aber Sie haben mir nichts gesagt!«
»Ich sage Ihnen doch, daß ich nicht darüber sprechen will.«
»Warum hat Admiral Chandler seinen Sohn gezwungen, den Dienst bei der Marine zu quittieren?«
»Weil es das einzig Mögliche war.«
»Warum?«
Frobisher schüttelte eigensinnig den Kopf.
Poirot flüsterte:
»Hatte es etwas damit zu tun, daß in der Gegend etliche Schafe getötet wurden?«
Der andere brummte ärgerlich:
»Also haben Sie davon gehört?«
»Diana hat es mir gesagt.«
»Das Mädel hätte lieber den Mund halten sollen.«

»Sie hielt es nicht für völlig erwiesen.«
»Sie weiß nicht.«
»Was weiß sie nicht?«
Frobisher begann unwillig, zögernd zu sprechen:
»Nun schön, wenn Sie es unbedingt wissen wollen ...
Chandler hört in jener Nacht einen Lärm. Denkt, es sind Diebe. Geht hinaus, nachsehen. Licht im Zimmer des Jungen. Chandler geht hinein. Hugh liegt angekleidet auf dem Bett – schläft wie erschlagen. Blut auf seinen Kleidern. Das Waschbecken im Zimmer voll Blut. Sein Vater konnte ihn nicht aufwecken. Am nächsten Morgen hört er, daß man Schafe mit durchschnittenen Hälsen gefunden hat. Befragt Hugh. Der Junge weiß nichts davon. Konnte sich nicht erinnern, ausgewesen zu sein – dabei standen seine kotbedeckten Schuhe beim Nebeneingang. Konnte das Blut im Waschbecken nicht erklären. Konnte nichts erklären. Der arme Teufel hat es nicht *gewußt*, verstehen Sie? Charles kam zu mir, um sich auszusprechen, was zu tun sei. Dann geschah es wieder – drei Nächte später. Schließlich – das sehen Sie doch ein – mußte der Junge den Dienst quittieren. Hier, wo Charles ihn unter den Augen hat, kann er auf ihn aufpassen. Man kann keinen Skandal bei der Marine riskieren. Ja, es war das einzig Mögliche.«
Poirot nickte: »Und seitdem?«
Frobisher wurde heftig. »Ich beantworte keinerlei Fragen mehr. Glauben Sie nicht, daß Hugh seine eigenen Angelegenheiten am besten versteht?«
Hercule Poirot antwortete nicht. Er sträubte sich immer, zuzugeben, daß irgend jemand etwas besser verstehen könne als Hercule Poirot.

Als sie in die Halle kamen, trafen sie Admiral Chandler, der gerade hereinkam. Er hob sich einen Augen-

blick als dunkle Silhouette vom grellen Sonnenlicht draußen ab.
Er sagte mit leiser, barscher Stimme:
»Oh, da seid ihr ja beide. Monsieur Poirot, darf ich Sie auf ein paar Minuten in mein Arbeitszimmer bitten?«
Frobisher ging durch die Tür hinaus, und Poirot folgte dem Admiral. Er hatte ein wenig das Gefühl, als hätte man ihn auf das Achterdeck kommandiert, damit er sich rechtfertige.
Der Admiral wies Poirot einen der großen Fauteuils an und setzte sich in den anderen. Während Poirot mit Frobisher gesprochen hatte, war ihm die Unruhe, Nervosität und Reizbarkeit des anderen aufgefallen – alles Anzeichen großer innerer Anspannung. Bei Admiral Chandler spürte er Hoffnungslosigkeit und abgrundtiefe Verzweiflung ...
Chandler sagte mit einem tiefen Seufzer: »Ich bedaure, daß Diana Sie in die Sache hineingezogen hat ... Armes Kind, ich weiß, wie hart es für sie ist. Aber – nun – es ist unsere eigene Familientragödie, und ich glaube, Sie werden begreifen, Monsieur Poirot, daß wir keine Outsider wünschen.«
»Ich kann Ihre Gefühle sehr gut verstehen.«
»Diana, das arme Kind, kann es nicht glauben. Ich konnte es zuerst auch nicht. Ich würde es jetzt wahrscheinlich auch nicht glauben, wenn ich nicht wüßte –«
Er stockte.
»Was wüßte?«
»Daß es im Blut steckt. Die Krankheit, meine ich.«
»Und doch haben Sie der Verlobung zugestimmt.«
Admiral Chandler wurde rot.
»Sie meinen, ich hätte schon damals mein Veto einlegen sollen? Aber damals hatte ich noch keine Ahnung. Hugh schlägt seiner Mutter nach – nichts an ihm erin-

nert an die Chandlers. Ich hoffte, er sei in allem nach ihr geraten. Von seiner Kindheit bis letztes Jahr war keine Spur von etwas Anomalem an ihm. Ich konnte nicht ahnen, daß – zum Teufel, in fast jeder alten Familie ist eine Spur irgendeiner Geisteskrankheit!«
Poirot fragte leise: »Haben Sie keinen Arzt konsultiert?«
Chandler brüllte: »Nein, und ich habe auch nicht die Absicht, es zu tun! Der Junge ist hier sicher genug mit mir als Aufsicht. Sie werden ihn nicht wie ein wildes Tier zwischen vier Wänden einsperren...«
»Er ist hier sicher, sagen Sie. Aber sind die anderen sicher?«
»Was wollen Sie damit sagen?«
Poirot antwortete nicht. Er blickte dem Admiral fest in die melancholischen dunklen Augen.
»Jedermann steckt in seinem Beruf«, meinte der Admiral voller Bitterkeit. »Sie suchen einen Verbrecher. Mein Sohn ist kein Verbrecher, Monsieur Poirot.«
»Noch nicht!«
»Was meinen Sie mit ›noch nicht‹?«
»Diese Dinge werden immer schlimmer... Diese Schafe –«
»Wer hat Ihnen das von den Schafen gesagt?«
»Diana Maberly und auch Ihr Freund, Colonel Frobisher.«
»George hätte besser daran getan, den Mund zu halten.«
»Er ist ein sehr alter Freund von Ihnen, nicht wahr?«
»Mein bester«, sagte der Admiral barsch.
»Und er war auch ein Freund – Ihrer Gattin?«
Chandler lächelte.
»Ich glaube, George war in Caroline verliebt, als sie ganz jung war. Er hat nie geheiratet. Ich glaube, das ist der Grund. Nun, ich war der Glückliche – oder so

dachte ich. Ich habe sie heimgeführt, nur um sie zu verlieren.«

Er seufzte und ließ die Schultern hängen.

»Colonel Frobisher war bei Ihnen, als Ihre Frau ertrank?« forschte Poirot weiter.

Chandler nickte.

»Ja, er war mit uns in Cornwall, als es geschah. Sie und ich waren zusammen mit dem Boot draußen – er war an diesem Tag zufällig zu Hause geblieben. Ich habe nie begriffen, wieso dieses Boot kenterte ... Es muß plötzlich ein Leck bekommen haben. Wir waren draußen in der Bucht – bei starker Flut. Ich hielt sie empor, so lange ich konnte ...« Seine Stimme brach. »Ihre Leiche wurde zwei Tage später angeschwemmt. Gottlob hatten wir den kleinen Hugh nicht mitgenommen! So dachte ich wenigstens damals. Und – jetzt – wäre es für Hugh vielleicht besser gewesen, wenn er doch mit uns gewesen wäre. Wenn damals alles aus und erledigt gewesen wäre –«

Wieder entrang sich ihm ein tiefer, hoffnungsloser Seufzer.

»Wir sind die letzten Chandlers, Monsieur Poirot; nach uns wird es in Lyde Manor keine Chandlers mehr geben. Als Hugh sich mit Diana verlobte, habe ich gehofft – nun, es hat keinen Sinn, jetzt davon zu sprechen. Gott sei Dank, daß sie nicht schon verheiratet waren. Mehr kann ich nicht sagen!«

Hercule Poirot saß auf einer Bank im Rosengarten. Neben ihm saß Hugh Chandler. Diana Maberly hatte sie eben verlassen.

Der junge Mann wandte Poirot sein schönes, gequältes Gesicht zu.

»Sie müssen es ihr begreiflich machen. Monsieur Poirot.« Er machte eine kleine Pause und fuhr dann fort:

»Wissen Sie, Di ist eine Kämpferin. Sie will das Spiel nicht aufgeben. Sie will sich nicht mit dem Unabänderlichen abfinden. Sie wird es wohl oder übel müssen. Sie – sie *will* weiter glauben, daß ich – geistig normal bin.«
»Während Sie selbst fest überzeugt sind, daß Sie – verzeihen Sie mir – wahnsinnig sind.«
Der junge Mann zuckte zusammen und führte aus:
»Ich habe noch nicht tatsächlich den Verstand verloren – aber es verschlimmert sich. Diana weiß es nicht. Sie sieht mich nur, wenn ich – normal bin.«
»Und wenn Sie – nicht normal sind – was geschieht dann?«
Hugh Chandler schöpfte tief Atem und erklärte:
»Erstens träume ich, und wenn ich träume, bin ich wahnsinnig. Vorige Nacht zum Beispiel – war ich kein Mensch mehr. Ich war zuerst ein rasender Stier – ein rasender Stier, der in der glühenden Sonne herumtobte –, und ich schmeckte Blut und Staub in meinem Mund – Blut und Staub... Und dann war ich ein Hund – ein großer, sabbernder Hund. Ich hatte die Tollwut – Kinder stoben auseinander und flohen, wenn ich kam, Männer wollten mich erschießen – irgend jemand stellte mir eine Schüssel Wasser hin, aber ich konnte nicht trinken, Monsieur Poirot... ich konnte nicht schlucken... O mein Gott, ich war nicht imstande zu trinken...«
Er stockte. »Ich erwachte, und ich wußte, daß alles wahr sei. Ich ging zum Waschtisch. Mein Mund war ausgedörrt – ganz ausgedörrt – und trocken. Ich war durstig. Aber ich konnte nicht trinken, Monsieur Poirot... ich konnte nicht schlucken... *ich konnte nicht trinken*...«
Hercule Poirot murmelte beschwichtigende Worte. Hugh Chandler fuhr in seiner Rede fort. Seine Hände

umklammerten krampfhaft seine Knie, sein Gesicht war vorgeschoben, seine Augen waren halb geschlossen, als sähe er etwas auf sich zukommen.
»Und dann gibt es Dinge, die keine Träume sind. Dinge, die ich sehe, wenn ich hellwach bin, Gespenster, grauenhafte Gestalten. Sie grinsen mich an. Und manchmal kann ich fliegen, aus dem Bett steigen und durch die Luft fliegen, auf den Wolken reiten – und Unholde leisten mir Gesellschaft!«
»Ta – ta«, machte Hercule Poirot.
Es war ein sanft mißbilligendes Geräusch.
Hugh Chandler wandte sich ihm zu.
»Oh, es gibt keinen Zweifel mehr. Es steckt in meinem Blut. Es ist mein Erbteil. Ich kann dem Schicksal nicht entrinnen. Gott sei Dank habe ich es rechtzeitig bemerkt, ehe ich Diana geheiratet habe. Denken Sie, wenn wir ein Kind gehabt und ihm diese grauenhafte Krankheit vererbt hätten!«
Er legte seine Hand auf Poirots Arm:
»Sie müssen es ihr begreiflich machen. Sie müssen ihr sagen, daß sie vergessen muß. Sie *muß* vergessen. Eines Tages wird irgendein anderer da sein. Steve Graham zum Beispiel – er ist wahnsinnig verliebt in sie, und er ist ein furchtbar guter Kerl. Sie wäre glücklich mit ihm – und geborgen. Ich will – daß sie glücklich wird. Graham ist natürlich arm, und ihre Familie auch, aber wenn ich nicht mehr bin, sind sie versorgt!«
Hercule Poirots Stimme unterbrach ihn.
»Warum werden sie ›versorgt‹ sein, wenn Sie nicht mehr sind?«
Hugh Chandler lächelte. Es war ein sanftes, gewinnendes Lächeln. Er erklärte:
»Das Geld meiner Mutter ist da. Sie war eine reiche Erbin, wissen Sie. Sie hat mir das Geld hinterlassen. Ich habe alles Diana vermacht.«

Hercule Poirot lehnte sich zurück. Ein Ah entfuhr seinen Lippen.
»Aber Sie können ein sehr alter Mann werden, Mr. Chandler«, bemerkte er dann.
Hugh Chandler schüttelte den Kopf und wehrte scharf ab:
»Nein, Monsieur Poirot, ich habe nicht die Absicht, ein alter Mann zu werden.«
Plötzlich wich er schaudernd zurück.
»O Gott! Schauen Sie!« Er starrte über Poirots Schulter. »*Dort* – neben Ihnen –, es ist ein Skelett; es klappert mit den Knochen. Es ruft mich – es winkt mir –«
Seine Augen starrten mit geweiteten Pupillen ins Sonnenlicht. Er lehnte sich plötzlich zur Seite, als wollte er ohnmächtig werden.
Dann wandte er sich zu Poirot und flüsterte fast mit einer Kinderstimme:
»Sie haben – nicht irgend etwas gesehen?«
Poirot schüttelte langsam den Kopf.
Hugh Chandler sagte heiser:
»Ich mache mir nicht so viel daraus – aus diesen Halluzinationen. *Was mir angst macht, ist das Blut.* Das Blut in meinem Zimmer – auf meinen Kleidern... Wir hatten einen Papagei. Eines Morgens lag er mit durchschnittener Kehle in meinem Zimmer – und ich lag auf dem Bett, in meiner Hand ein Rasiermesser, noch naß von seinem Blut!«
Er beugte sich tiefer zu Poirot hinüber.
»Jüngst wurden Tiere getötet«, flüsterte er. »Hier im Umkreis – im Dorf – draußen auf den Feldern. Schafe, junge Lämmer – ein Schäferhund. Vater sperrte mich ein, aber manchmal – manchmal ist die Tür morgens offen. Ich muß einen Schlüssel irgendwo versteckt haben, aber ich weiß nicht wo. *Ich weiß es nicht.* Ich bin es nicht, der diese Dinge macht – es ist

ein anderer, der in mich hineinschlüpft – der von mir Besitz ergreift, der mich aus einem Menschen in ein rasendes Ungeheuer verwandelt, das nach Blut lechzt und kein Wasser trinken kann ...«
Plötzlich vergrub er sein Gesicht in den Händen.
Nach einer kleinen Pause fragte Poirot:
»Ich verstehe noch immer nicht, warum Sie keinen Arzt konsultiert haben.«
Hugh Chandler schüttelte den Kopf.
»Verstehen Sie es wirklich nicht? Physisch bin ich stark. Stark wie ein Stier. Ich kann Jahre leben – Jahre – zwischen vier Wänden eingesperrt! Dem kann ich nicht ins Auge sehen! Es wäre besser, ganz von der Bildfläche zu verschwinden ... Es gibt immer Mittel und Wege, wissen Sie. Ein Unfall beim Putzen des Gewehres ... etwas Derartiges. Diana wird es begreifen ... Ich möchte mir lieber meinen eigenen Abgang zurechtlegen!«
Er blickte Poirot herausfordernd an, aber Poirot reagierte nicht darauf. Statt dessen fragte er gelassen:
»Was essen und trinken Sie?«
Hugh Chandler warf den Kopf zurück. Er brüllte vor Lachen.
»Alpdrücken nach verdorbenem Magen? Denken Sie daran?«
Poirot wiederholte nur ruhig:
»Was essen und trinken Sie?«
»Was alle anderen Leute auch essen und trinken.«
»Keine besonderen Medikamente, Tabletten, Pillen?«
»Du lieber Himmel, nein. Glauben Sie wirklich, daß Wunderpillen mich heilen könnten?« Er zitierte:
»Könnt Ihr denn eine kranke Seele heilen?«
Hercule Poirot sagte trocken:
»Ich versuche es. Hat hier im Haus jemand ein Augenleiden?«

Hugh Chandler sah ihn sehr erstaunt an.
»Vaters Augen machen ihm viel zu schaffen. Er muß ziemlich oft zum Augenarzt gehen.«
»So!« Poirot überlegte einige Augenblicke. Dann fuhr er fort:
»Ich vermute, Colonel Frobisher hat einen großen Teil seines Lebens in Indien verbracht?«
»Ja, er war in der indischen Armee. Er ist begeistert von Indien – erzählt viel davon – Sitten und Gebräuche der Eingeborenen und all das.«
Poirot murmelte wieder: »So!«
Dann bemerkte er:
»Ich sehe, daß Sie sich am Kinn geschnitten haben.«
Hugh führte die Hände an sein Kinn.
»Ja, ein gründlicher Schnitt. Vater hat mich eines Tages beim Rasieren erschreckt. Ich bin etwas nervös geworden, wissen Sie. Und außerdem hatte ich einen Ausschlag am Kinn und am Hals, und das erschwert das Rasieren sehr.«
»Sie sollten eine lindernde Rasiercreme verwenden«, riet Poirot.
»Das tue ich, Onkel George hat mir eine gegeben.«
Plötzlich lachte er.
»Wir sprechen wie in einem Schönheitssalon für Damen. Salben, Wunderpillen, Augenwasser. Worauf wollen Sie hinaus, Monsieur Poirot?«
Poirot erklärte gelassen:
»Ich versuche mein möglichstes für Diana Maberly zu tun.«
Hughs Stimmung schlug um. Sein Gesicht wurde ernst. Er legte seine Hände auf Poirots Arm.
»Ja, tun Sie für sie, was Sie können. Sagen Sie ihr, daß sie vergessen muß. Sagen Sie ihr, daß es keinen Sinn hat zu hoffen ... Erzählen Sie ihr einige von den Dingen, die ich Ihnen berichtet habe ... Sagen Sie ihr –

oh, sagen Sie ihr, daß sie sich um Himmels willen von mir fernhalten soll! Das ist das einzige, was sie jetzt für mich tun kann. Sich fernhalten – und versuchen zu vergessen!«

»Haben Sie Mut, Mademoiselle? Viel Mut? Sie werden ihn brauchen.«
Diana rief heftig aus:
»Dann ist es also wahr! Es ist wahr, er *ist* wahnsinnig?«
»Ich bin kein Irrenarzt, Mademoiselle. Ich kann nicht sagen, ob dieser Mann verrückt ist oder normal –«
Sie kam näher zu ihm heran.
»Admiral Chandler glaubt, daß Hugh wahnsinnig ist. George Frobisher glaubt, daß er wahnsinnig ist. Hugh selbst glaubt, daß er wahnsinnig ist –«
Poirot beobachtete sie:
»Und Sie, Mademoiselle?«
»Ich? *Ich sage, daß er nicht wahnsinnig ist!* Deshalb –«
Sie stockte.
»Deshalb sind Sie zu mir gekommen.«
»Ja. Ich konnte keinen anderen Grund haben, zu Ihnen zu kommen, nicht wahr?«
»Das«, gab Hercule Poirot zu, »ist genau das, was ich mich selbst gefragt habe, Mademoiselle.«
»Ich verstehe Sie nicht.«
»Wer ist Stephen Graham?«
Sie sah ihn groß an.
»Stephen Graham? Oh – irgend jemand.«
Sie packte ihn am Arm.
»Was haben Sie im Sinn? Woran denken Sie? Sie stehen nur da, hinter Ihrem großen Schnurrbart, blinzeln in die Sonne und sagen kein Wort. Sie machen mir angst – schreckliche Angst. *Warum* machen Sie mir angst?«
»Vielleicht«, sagte Poirot, »weil ich selbst Angst habe.«

Die tiefen grauen Augen starrten zu ihm empor. Sie flüsterte:
»Wovor haben Sie Angst?«
Hercule Poirot seufzte tief und meinte:
»Es ist viel leichter, einen Mörder einzufangen, als einen Mord zu verhüten.«
Sie schrie auf: »Mord? Sprechen Sie dieses Wort nicht aus.«
»Ich spreche es aber trotzdem aus.«
Er änderte seinen Ton und sprach schnell und gebieterisch:
»Mademoiselle, es ist notwendig, daß wir beide, Sie sowohl als ich, die Nacht in Lyde Manor verbringen. Ich verlasse mich auf Sie, daß Sie die Sache arrangieren. Geht das?«
»Ich – ja –, ich denke schon. Aber warum?«
»Weil keine Zeit zu verlieren ist. Sie haben mir gesagt, daß Sie Mut haben. Beweisen Sie es jetzt. Tun Sie, was ich Ihnen sage, ohne zu fragen.«
Sie nickte wortlos und wandte sich ab.
Poirot folgte ihr nach einigen Augenblicken ins Haus. Er hörte ihre Stimme in der Bibliothek sowie die Stimmen von drei Männern. Er ging die breite Treppe hinauf. Es war niemand im oberen Stockwerk.
Er fand mühelos das Zimmer von Hugh Chandler. In der Ecke des Zimmers war ein eingebauter Waschtisch mit heißem und kaltem Wasser. Auf einer Glasplatte darüber waren verschiedene Tuben, Döschen und Flaschen.
Hercule Poirot ging schnell und geschickt zu Werk.
Was er zu tun hatte, brauchte nicht lange. Er war bereits wieder unten in der Halle, als Diana erhitzt und zornig aus der Bibliothek kam.
»Es ist schon arrangiert«, erklärte sie.
Admiral Chandler zog Poirot in die Bibliothek und

schloß die Tür. Er sagte: »Hören Sie mich an, Monsieur Poirot, die Geschichte gefällt mir nicht.«
»Was gefällt Ihnen nicht, Admiral Chandler?«
»Diana hat darauf bestanden, daß Sie beide, Diana und Sie, die Nacht hier im Haus verbringen. Ich will nicht ungastlich sein –«
»Es ist keine Frage der Gastlichkeit.«
»Wie gesagt, ich will nicht ungastlich sein – aber offen gestanden, paßt es mir nicht. Ich – ich wünsche es nicht. Und ich sehe den Grund nicht ein. Was kann es schon nützen?«
»Nennen wir es ein Experiment, das ich mache.«
»Was für ein Experiment?«
»Entschuldigen Sie, aber das ist meine Sache –«
»Hören Sie mich an, Monsieur Poirot, erstens habe ich Sie nicht ersucht, herzukommen –«
Poirot unterbrach ihn.
»Glauben Sie mir, Admiral Chandler, daß ich Ihren Standpunkt vollkommen begreife und respektiere. Ich bin einzig und allein wegen der Hartnäckigkeit eines liebenden Mädchens hier. Sie haben mir gewisse Dinge erzählt, Colonel Frobisher hat mir gewisse Dinge erzählt, Hugh selbst hat mir gewisse Dinge erzählt. Jetzt – will ich selbst sehen, was los ist.«
»Ja, aber was *sehen*? Ich sage Ihnen, es gibt nichts zu sehen. Ich sperre Hugh jeden Abend in sein Zimmer ein und basta.«
»Und doch – sagt er mir – ist die Tür am Morgen manchmal nicht abgeschlossen.«
»Was heißt das?«
»Haben Sie nicht selbst schon die Tür offen gefunden?«
Chandler runzelte die Stirn.
»Ich dachte immer, George hätte sie aufgeschlossen – was wollen Sie damit sagen?«

»Wo lassen Sie den Schlüssel – im Schloß?«
»Nein, ich lege ihn draußen auf die Kommode. Ich oder George oder Withers, der Diener, nehmen ihn in der Frühe dort weg. Wir haben Withers als Grund angegeben, daß Hugh schlafwandelt ... Ich vermute, er weiß mehr – aber er ist eine treue Seele, er ist schon seit Jahren bei mir.«
»Gibt es noch einen Schlüssel?«
»Nicht daß ich wüßte.«
»Es hätte einer gemacht werden können.«
»Aber wer –«
»Ihr Sohn glaubt, daß er selbst einen irgendwo im Zimmer versteckt hat, obwohl er sich dessen in wachem Zustand nicht bewußt ist.«
Colonel Frobishers Stimme erklang vom anderen Ende des Raumes:
»Die Sache gefällt mir nicht, Charles ... Das Mädchen –«
»Ganz meine Meinung«, warf Chandler schnell ein. »Das Mädchen darf nicht mit Ihnen zurückkommen. Kommen Sie selbst, wenn Sie wollen.«
»Warum wollen Sie nicht, daß Miss Maberly die Nacht hier verbringt?« erkundigte sich Poirot.
Frobisher sagte leise:
»Es ist zu gefährlich. In diesen Fällen –«
Er hielt inne.
»Hugh liebt sie sehr ...«, begann Poirot.
Chandler rief: »Eben darum! Verflucht noch einmal, verstehen Sie doch, bei einem Geisteskranken ist alles auf den Kopf gestellt. Hugh selbst weiß das. Diana darf nicht herkommen.«
»Das«, meinte Poirot, »muß Diana selbst entscheiden.«
Er verließ die Bibliothek. Diana wartete draußen im Wagen. Sie rief: »Wir holen uns, was wir für die Nacht brauchen, und kommen zum Dinner zurück.«

Als sie die lange Auffahrt hinunterfuhren, wiederholte Poirot sein Gespräch mit Admiral Chandler und Colonel Frobisher. Sie lachte höhnisch.
»Glauben Sie, daß Hugh *mir* etwas antun würde?«
Als Antwort bat Poirot sie, bei der Apotheke im Ort anzuhalten. Er habe vergessen, eine Zahnbürste einzupacken, sagte er. Die Apotheke war an der Mitte der friedlichen Dorfstraße. Diana wartete draußen im Wagen. Es fiel ihr auf, daß Hercule Poirot lange brauchte, um eine Zahnbürste auszusuchen ...

In dem großen Schlafzimmer mit den schweren elisabethanischen Eichenmöbeln saß Hercule Poirot und wartete. Es gab nichts anderes zu tun, als zu warten. Alle seine Vorkehrungen waren getroffen.
Der Alarm kam in den frühen Morgenstunden.
Als er draußen Schritte hörte, schob Poirot den Riegel zurück und öffnete die Tür. Auf dem Gang standen zwei Männer. Der Admiral sah ernst und grimmig aus, Colonel Frobisher bebte.
Chandler sagte einfach:
»Wollen Sie mit uns kommen, Monsieur Poirot?«
Vor Diana Maberlys Schlafzimmer lag eine zusammengekauerte Gestalt. Das Licht fiel auf einen zerzausten hellbraunen Schopf. Hugh Chandler lag röchelnd am Boden. Er war in Schlafrock und Pantoffeln. In seiner rechten Hand war ein gebogenes, glänzendes Messer. Stellenweise glänzte es von roten nassen Flecken.
Hercule Poirot rief mit erstickter Stimme:
»Mon dieu!«
Frobisher sagte rasch:
»Ihr fehlt nichts. Er hat sie nicht berührt.« Er erhob seine Stimme und rief: »Diana! Laß uns hinein!«
Poirot hörte den Admiral stöhnen und leise vor sich hin murmeln:

»Mein Junge, mein armer Junge.«
Man hörte, wie der Riegel zurückgeschoben wurde.
Die Tür ging auf, und Diana stand auf der Schwelle. Ihr
Gesicht war totenbleich. Sie stammelte:
»Was ist geschehen? Jemand war da – er hat versucht,
hereinzukommen – ich habe es gehört – wie er die Tür
betastet hat – die Klinke – wie er an der Vertäfelung gekratzt hat – Oh! Es war grauenhaft ... *Wie ein Tier* ...«
Frobisher sagte rasch: »Gott sei Dank, daß deine Tür
verschlossen war!«
»Monsieur Poirot hatte mich ersucht, sie abzuschließen.«
»Heben Sie ihn auf, und bringen Sie ihn hinein«, befahl
Poirot.
Die beiden Männer bückten sich und hoben den Bewußtlosen auf. Als sie an ihr vorbeikamen, entrang
sich Diana ein trockenes Schluchzen.
»Hugh? Es ist Hugh? Was ist das – auf seinen Händen?« Hugh Chandlers Hände waren feucht und klebrig von einem rotbraunen Naß.
Diana hauchte: »Ist das Blut?«
Poirot blickte die beiden Männer fragend an. Der Admiral nickte und sagte:
»Gottlob kein Menschenblut! Eine Katze! Ich habe sie
unten in der Halle gefunden. Mit durchschnittenem
Hals. Nachher muß er hier heraufgekommen sein –«
»*Hierher?*« Diana sprach mit vor Entsetzen erstickter
Stimme: »*Zu mir?*«
Der Mann auf dem Stuhl regte sich – murmelte. Sie beobachteten ihn wie gebannt. Hugh Chandler setzte sich
auf. Er blinzelte.
»Hallo.« Seine Stimme war verwirrt – heiser. »Was ist
geschehen? Warum bin ich –?«
Er stockte. Er starrte auf das Messer, das er noch mit
der Hand umklammert hielt.

»Was habe ich getan?« hauchte er mit belegter Stimme. Seine Augen schweiften von einem zum anderen. Sie blieben auf Diana haften, die an die Wand zurückgewichen war.
»Habe ich Diana angegriffen?«
Sein Vater schüttelte den Kopf.
»Sagt mir, was geschehen ist! Ich muß es wissen«, forderte Hugh.
Sie sagten es ihm – widerstrebend – stockend. Seine ruhige Ausdauer zog es aus ihnen heraus.
Vor den Fenstern ging die Sonne auf. Hercule Poirot zog einen Vorhang auf. Der Glanz der Morgendämmerung erfüllte den Raum.
Hugh Chandlers Züge waren gefaßt, seine Stimme fest. Er sagte: »Ich verstehe.«
Dann erhob er sich. Er lächelte und streckte sich. Seine Stimme klang vollkommen natürlich, als er fortfuhr:
»Schöner Morgen, nicht wahr? Ich glaube, ich werde in den Wald gehen und versuchen, ein Kaninchen zu schießen.«
Er ging aus dem Zimmer. Die anderen starrten ihm nach. Dann machte der Admiral Anstalten, ihm nachzustürzen. Frobisher packte ihn am Arm.
»Nein, Charles, nein. Es ist der beste Ausweg für ihn – den armen Jungen –, wenn schon für niemand anderen.«
Diana hatte sich schluchzend auf das Bett geworfen.
Admiral Chandler sagte mit unsicherer Stimme:
»Du hast recht, George – du hast recht, ich weiß. Der Junge hat Mut . . .«
Auch Frobishers Stimme brach.
»Er ist ein Mann«, sagte er leise.
Chandler unterbrach den Augenblick des Schweigens.
»Zum Teufel, wo ist der verdammte Ausländer?«

In der Gewehrkammer hatte Hugh Chandler sein Gewehr vom Ständer genommen und war dabei, es zu laden, als Hercule Poirots Hand auf seine Schulter fiel.
Hercule Poirot sagte nur ein Wort, aber das sagte er sonderbar gebieterisch:
»Nein!«
Hugh Chandler starrte ihn an. Mit zorniger, heiserer Stimme sagte er: »Hände weg! Mischen Sie sich nicht ein. Es wird eben ein Unglücksfall gewesen sein. Es ist der einzige Ausweg.«
Hercule Poirot wiederholte das eine Wort:
»Nein!«
»Begreifen Sie denn nicht, daß, wenn Dianas Tür nicht zufällig verschlossen gewesen wäre, ich Diana die Kehle durchgeschnitten hätte! Diana! – mit diesem Messer hier!«
»Ich begreife nichts dergleichen. Sie hätten Miss Maberly nicht getötet.«
»Ich habe aber doch die Katze umgebracht, nicht wahr?«
»Nein, Sie haben die Katze nicht umgebracht. Sie haben den Papagei nicht umgebracht. Sie haben die Schafe nicht umgebracht.«
Hugh riß die Augen auf. Er fragte:
»Sind Sie verrückt oder bin ich es?«
Hercule Poirot erwiderte:
»Keiner von uns beiden ist verrückt.«
In diesem Augenblick kamen Admiral Chandler und Colonel Frobisher herein, gefolgt von Diana.
Hugh Chandler sagte leise und wie betäubt:
»Dieser Mann sagt, daß ich nicht verrückt bin . . .«
»Ich bin glücklich, Ihnen sagen zu können«, warf Poirot ein, »daß Sie geistig vollkommen normal sind.«
Hugh lachte. Er lachte so, wie Wahnsinnige angeblich lachen.

»Das ist verdammt komisch! Ist es normal, Schafen und anderen Tieren die Hälse durchzuschneiden? Ich war normal, nicht wahr, als ich den Papagei umbrachte und die Katze heute nacht?«
»Ich sage Ihnen, Sie haben die Schafe nicht umgebracht, auch den Papagei und die Katze nicht.«
»Wer hat es denn getan?«
»Jemand, dessen einziges Sinnen und Trachten darauf gerichtet war zu beweisen, daß Sie wahnsinnig sind. Jedesmal hatte man Ihnen ein starkes Schlafmittel gegeben und ein blutbeflecktes Messer oder Rasiermesser neben Sie gelegt. Es war ein anderer, dessen blutige Hände in Ihrem Waschbecken abgewaschen wurden.«
»Aber warum?«
»Damit Sie das tun, was Sie eben im Begriff waren zu tun, als ich Sie daran hinderte.«
Hugh starrte ihn entgeistert an. Poirot wandte sich an Colonel Frobisher:
»Colonel Frobisher, Sie haben viele Jahre in Indien gelebt. Sind Ihnen nie Fälle vorgekommen, wo Leute durch Verabfolgungen von Rauschgiften schließlich zum Wahnsinn getrieben wurden?«
Frobisher blickte interessiert auf.
»Ich habe selbst nie einen solchen Fall gesehen, aber ich habe oft davon sprechen hören. Datura-Vergiftungen. Sie enden mit Wahnsinn.«
»Eben. Nun, der wirksame Bestandteil von Datura ist nahe verwandt, wenn nicht identisch, mit dem Alkaloid Atropin – welches auch in Belladonna oder tödlichen Nachtschattengewächsen enthalten ist. Belladonnapräparate sind ziemlich gebräuchlich, und Atropinsulfat wird bei Augenleiden verschrieben. Wenn man ein Rezept wiederholen und an verschiedenen Orten machen läßt, kann man sich eine große Menge des

Giftes verschaffen, ohne Verdacht zu erwecken. Man kann die Alkaloide extrahieren und – sagen wir – einer Rasiercreme beimengen. Äußerlich angewendet verursacht es einen Ausschlag, der beim Rasieren zu Hautabschürfungen führen muß, und so dringt das Gift ständig in den Organismus ein. Es erzeugt gewisse Symptome – Trockenheit in Mund und Hals, Schluckbeschwerden, Halluzinationen, doppeltes Sehen – *kurz, alle Symptome, die bei Mr. Chandler aufgetreten sind.*«

Er wandte sich an den jungen Mann.

»Und um Ihnen die Zweifel zu nehmen, will ich Ihnen sagen, daß dies keine Vermutungen sind, sondern Tatsachen. *Ihre Rasiercreme war stark mit Atropinsulfat vermengt.* Ich habe eine Probe genommen und sie untersuchen lassen.«

Bleich und zitternd fragte Hugh:

»Wer hat das gemacht? Warum?«

»Das beschäftigt mich, seit ich hier angekommen bin. Ich habe nach einem Motiv für einen Mord gesucht. Diana Maberly hätte durch Ihren Tod finanziell profitiert, aber ich habe sie nicht ernstlich in Erwägung gezogen –«

Hugh Chandler brauste auf:

»Das will ich hoffen!«

»Ich faßte ein anderes Motiv ins Auge. Das ewige Dreieck. Zwei Männer und eine Frau. Colonel Frobisher war in Ihre Mutter verliebt. Admiral Chandler hat sie geheiratet.«

Admiral Chandler rief aus:

»George! George! Ich kann es nicht glauben!«

Hugh fragte ungläubig:

»Glauben Sie, daß Haß sich – auf einen Sohn übertragen kann?«

Hercule Poirot sagte:

»Unter gewissen Umständen, ja.«
Frobisher rief:
»Das ist eine infame Lüge! Du darfst ihm nicht glauben, Charles.«
Chandler schauderte vor ihm zurück. Er murmelte:
»Datura ... Indien – ja, ich verstehe ... Und wir hätten nie Gift vermutet ... nicht, wo Wahnsinn schon in der Familie ist ...«
Mais oui!« Hercule Poirots Stimme erhob sich schrill:
»Wahnsinn in der Familie. Ein Irrer, der auf Rache sinnt – schlau, wie die Irren sind – der seinen Irrsinn jahrelang verheimlicht.« Er schoß zu Frobisher herum.
»*Mon Dieu, Sie müssen* gewußt haben, Sie *müssen* geahnt haben, daß Hugh Ihr Sohn ist? Warum haben Sie es ihm nie gesagt?«
Frobisher würgte und stammelte:
»Ich wußte nicht. Ich konnte nicht sicher sein ... Caroline kam einmal zu mir – in großer Not –, irgend etwas hatte sie erschreckt. Sie – ich – wir verloren den Kopf. Nachher ging ich sofort weg – es war das einzige, was ich tun konnte, wir wußten beide, daß wir bei der Stange bleiben mußten. Ich – nun –, ich habe mich gefragt, aber ich konnte nicht sicher sein. Caroline sagte nie etwas, woraus ich schließen konnte, daß Hugh mein Sohn sei. Und dann, als sich – als sich dieser Anflug von Wahnsinn zeigte, war die Sache für mich entschieden.«
Poirot sagte:
»Ja, das entschied die Sache. Sie konnten nicht die Art und Weise sehen, wie der Junge den Kopf vorstreckt und dabei die Stirne runzelt – ein Tick, den er von Ihnen geerbt hat. *Aber Charles Chandler sah es.* Sah es vor Jahren – und erfuhr die Wahrheit von seiner Frau. Ich glaube, sie fürchtete sich vor ihm. Der Wahnsinn hatte schon begonnen, sich bei ihm zu offenbaren.

Das war es, was sie zu Ihnen trieb – in die Arme des Mannes, den sie immer geliebt hatte. Charles Chandler schmiedete seine Rachepläne. Seine Frau starb bei einem Bootsunglück. Er und sie waren allein draußen im Boot, und nur er weiß, wie dieses Unglück geschah. Dann konzentrierte er seinen Haß auf den Jungen, der seinen Namen trug, jedoch nicht sein Sohn war. Durch Ihre indischen Geschichten kam er auf die Idee der Vergiftung mit Datura. Hugh sollte langsam in den Wahnsinn getrieben werden. Bis zum Selbstmord aus Verzweiflung. Admiral Chandler war es, der blutgierig war, nicht Hugh. Charles Chandler brachte es fertig, auf einsamen Feldern Schafen die Hälse durchzuschneiden. Aber Hugh sollte dafür büßen!
Wissen Sie, wann der Verdacht in mir aufstieg? Als Admiral Chandler sich gegen eine ärztliche Untersuchung seines Sohnes sträubte. Daß Hugh sich ihr widersetzte, war ganz natürlich. Aber der Vater! Es könnte eine Behandlung geben, um seinen Sohn zu retten – es gab hundert Gründe, warum *er* ein ärztliches Gutachten wünschen mußte. Aber nein, ein Arzt durfte Hugh Chandler nicht sehen – weil ein Arzt entdecken könnte, daß Hugh geistig gesund ist!«
»Geistig gesund – ich bin geistig gesund?« fragte Hugh.
Er machte einen Schritt auf Diana zu. Frobisher erklärte barsch:
»Du bist völlig gesund. In unserer Familie ist keine erbliche Belastung.«
Diana flüsterte:
»Hugh . . .«
Admiral Chandler ergriff Hughs Gewehr.
»Alles purer Unsinn! Ich glaube, ich werde in den Wald gehen und sehen, ob ich ein Kaninchen schießen kann –«

Frobisher wollte ihm nachstürzen, aber Hercule Poirot hielt ihn zurück.
»Sie sagten selbst – gerade eben –, daß es der beste Ausweg sei...«
Hugh und Diana hatten das Zimmer verlassen.
Die beiden Männer, der Belgier und der Engländer, beobachteten den letzten der Chandlers, wie er den Park durchquerte und hinauf in die Wälder ging.
Bald darauf hörten sie einen Schuß.

Die Stuten des Diomedes

Das Telefon klingelte.
»Hallo, Poirot, sind Sie es?«
Hercule Poirot erkannte die Stimme des jungen Doktor Stoddart. Er konnte Michael Stoddart gut leiden, mit seinem scheuen, treuherzigen Lächeln und seinem naiven Interesse für Kriminalistik, und er schätzte ihn als fleißigen, tüchtigen Arzt.
»Es ist mir unangenehm, Sie zu stören –«, fuhr die Stimme fort und stockte dann.
»Aber etwas scheint *Sie* gestört zu haben«, erwiderte Poirot schlagfertig.
»Stimmt genau.« Michael Stoddarts Stimme klang erleichtert. »Sie haben es erraten.«
»*Eh bien*, was kann ich für Sie tun, mein Freund?«
Stoddart schien eingeschüchtert. Er stotterte ein wenig, als er antwortete:
»Sie werden es für eine große Unverschämtheit halten, wenn ich Sie bitte, zu dieser Nachtstunde herüberzukommen ... A-a-aber ich bin in der K-k-klemme.«
»Natürlich komme ich. Soll ich in Ihre Wohnung kommen?«
»Nein – eigentlich bin ich in der kleinen Gasse hinter meinem Haus. Conningby Mews, Nummer 17. Können Sie wirklich kommen? Ich wäre Ihnen unendlich dankbar.«
»Ich komme sofort«, versprach Hercule Poirot.

Hercule Poirot ging die kleine Gasse entlang und blickte zu den Nummern empor. Es war nach ein Uhr morgens, und die Gasse schien schon zu schlafen, obwohl in einigen Fenstern noch Licht war.
Als er zu Nummer 17 kam, öffnete sich die Haustür, und Dr. Stoddart blickte heraus.

»Sie Guter«, sagte er, »wollen Sie bitte heraufkommen.«
Eine schmale Treppe, wie eine Hühnerleiter, führte ins obere Stockwerk. Zur Rechten war ein ziemlich großes Zimmer voller Diwans, Teppiche, dreieckiger Polster und einer großen Menge Flaschen und Gläsern.
Es herrschte ein wüstes Durcheinander; Zigarettenstummel waren überall verstreut, und es gab eine Menge zerbrochener Gläser.
»Hm!« kommentierte Hercule Poirot. »*Mon cher Watson*, ich vermute, daß hier eine Party stattgefunden hat!«
»Stimmt«, sagte Stoddart grimmig. »Das kann man wohl sagen; und was für eine Party!«
»Sie waren also nicht mit dabei?«
»Nein, ich bin streng beruflich hier.«
»Was ist vorgefallen?«
Stoddart erklärte:
»Diese Wohnung gehört einer Frau namens Patricia Grace. Mrs. Patricia Grace.«
»Welch reizender altmodischer Name«, meinte Poirot.
»An Mrs. Grace ist nichts Altmodisches oder Reizendes. Sie ist in ihrer etwas derben Art ganz hübsch. Sie hat schon einige Ehemänner gehabt, und jetzt hat sie einen Liebhaber, den sie verdächtigt, daß er ihr durchgehen will. Die Gesellschaft hat mit Trinken begonnen und mit Rauschgift geendet. Mit Kokain, genau gesagt. Kokain ist ein Stoff, bei dem man sich zuerst wunderbar wohl fühlt und die ganze Welt in rosigen Farben sieht. Es pulvert einen auf, und man hat das Gefühl verdoppelter Energie. Wenn man zuviel davon nimmt, bekommt man schwere Erregungszustände, Wahnvorstellungen, Halluzinationen und Delirium. Mrs. Grace hatte eine heftige Auseinandersetzung mit

ihrem Liebhaber, einem unangenehmen Kerl namens Hawker. Resultat: Er ist auf der Stelle fortgelaufen. Sie beugt sich aus dem Fenster und schießt ihm auf gut Glück mit einem funkelnagelneuen Revolver nach, den ihr jemand idiotischerweise geschenkt hat.«
Poirot hob die Augenbrauen.
»Hat sie ihn getroffen?«
»Keine Spur! Die Kugel ging etliche Meter daneben, schätze ich. Aber sie traf einen armen Teufel, der hier in der Gasse herumlungerte und die Mülleimer durchwühlte. Natürlich machte er einen Höllenlärm, die Menge drängte ihn hier herein, und bei all dem Blut, das er verlor, bekamen sie es mit der Angst zu tun und holten mich.«
»Ja?«
»Ich habe ihn zusammengeflickt. Es war nichts Ernstes. Dann haben ihn ein oder zwei Männer bearbeitet, und schließlich hat er eingewilligt, ein paar Fünfpfundscheine anzunehmen und zu schweigen. Es hat ihm sehr gut gepaßt, dem armen Teufel. Für ihn war es ein Haupttreffer.«
»Und Sie?«
»Ich mußte mich noch weiter betätigen. Mrs. Grace selbst hatte um diese Zeit bereits einen hysterischen Anfall. Ich gab ihr eine Spritze und steckte sie ins Bett. Dann war noch ein anderes Mädchen da, die mehr oder weniger erledigt war – ganz jung –, und um die habe ich mich auch gekümmert. Um diese Zeit stahlen sich schon alle fort, so schnell sie konnten.«
Er machte eine Pause.
»Und dann«, fuhr Poirot weiter, »hatten Sie Zeit, über die Situation nachzudenken.«
»Stimmt«, pflichtete Stoddart bei. »Wäre es eine gewöhnliche Sauferei gewesen, so wäre es damit erledigt, aber Opiate sind etwas anderes.«

»Sind Sie Ihrer Sache ganz sicher?«
»Oh, absolut. Das ist nicht zu verkennen. Es ist zweifellos Kokain. Ich fand übrigens etwas davon in einer Lackdose – sie schnupfen es, wissen Sie. Die Frage ist, woher kommt es? Ich erinnere mich, daß Sie neulich von einer großen neuen Drogen-Welle und einer Zunahme der Drogenabhängigen gesprochen haben.«
Hercule Poirot nickte.
»Die Polizei wird sich für dieses Fest interessieren.«
Michael Stoddart sagte mit unglücklichem Gesicht:
»Das ist es ja eben...«
Poirot blickte ihn mit neuem Interesse an.
»Und Ihnen liegt nichts daran, daß die Polizei sich für die Sache interessiert?«
Michael Stoddart brummte undeutlich:
»Unschuldige Menschen werden in Dinge verwickelt... schwer für sie.«
»Sind Sie so besorgt um Mrs. Patricia Grace?«
»Du liebe Zeit, nein. Sie ist eine von den ganz hartgesottenen!«
Hercule Poirot fügte milde hinzu:
»Also handelt es sich um die andere – das junge Mädchen?«
»Natürlich ist sie auf ihre Art auch hartgesotten«, gab Stoddart zu. »Ich meine, sie hält sich dafür. Aber sie ist in Wirklichkeit nur sehr jung – ein bißchen ausgelassen und all das –, aber im Grunde ist es nur Kinderei. Sie macht mit, weil sie glaubt, daß es schick oder modern oder so etwas ist.«
Ein leichtes Lächeln umspielte Poirots Lippen. Er sagte leise:
»Haben Sie dieses junge Mädchen schon vor dem heutigen Abend gekannt?«
Michael Stoddart nickte. Er sah sehr jung und verlegen aus.

»Ich habe sie in Mertonshire auf einem Jagdball kennengelernt. Ihr Vater ist ein pensionierter General – Donner und Blitz, schoß sie alle nieder – Pukka Sahib – und all das Zeug. Es sind vier Töchter, und alle sind ein wenig hemmungslos – kein Wunder bei einem solchen Vater. Und die Umgebung, in der sie leben, ist auch nicht gut – Rüstungsindustrie in der Nachbarschaft, viele Parvenüs. Nichts von der früheren Atmosphäre der guten Gesellschaft, die Leute schwimmen in Geld, sind aber zum Teil recht verdorben. Die Mädchen sind in ein schlechtes Fahrwasser geraten.«
Hercule Poirot blickte ihn eine Weile nachdenklich an, dann meinte er:
»Ich sehe jetzt, weshalb Sie meine Gesellschaft gewünscht haben. Sie möchten, daß ich die Sache in die Hand nehme?«
»Würden Sie es tun? Ich habe das Gefühl, daß ich etwas unternehmen sollte, aber ich gestehe, daß ich Sheila Grant wenn möglich vor einem Skandal bewahren möchte.«
»Ich glaube, das läßt sich machen. Ich möchte die junge Dame gerne sehen.«
»Kommen Sie mit.«
Er führte ihn aus dem Zimmer heraus. Eine Stimme rief kläglich aus einer gegenüberliegenden Tür:
»Doktor – um Himmels willen, Doktor, ich werde verrückt.«
Stoddart ging in das Zimmer, Poirot folgte ihm. Im Schlafzimmer sah es chaotisch aus, Puder war auf dem Boden ausgestreut, Tiegel und Flakons standen überall herum, Kleider lagen achtlos hingeworfen auf dem Boden. Auf dem Bett lag eine Frau mit blondgefärbten Haaren und einem leeren, lasterhaften Gesicht. Sie rief:
»Ameisen kriechen mir über den ganzen Körper...

bestimmt. Ich schwöre es. Ich werde wahnsinnig – um Himmels willen, geben Sie mir eine Spritze oder irgend etwas!«
Dr. Stoddart stand am Bettrand. Sein Ton war berufsmäßig beschwichtigend.
Hercule Poirot schlich sich aus dem Zimmer. Ihm gegenüber war noch eine Tür. Er öffnete sie.
Es war ein winziges Zimmer – eine bloße Kammer –, ganz einfach eingerichtet. Auf dem Bett lag regungslos eine zarte, mädchenhafte Gestalt. Hercule Poirot schlich auf Zehenspitzen an den Bettrand und blickte auf das junge Mädchen herab.
Dunkles Haar, ein längliches, blasses Gesicht – und – jung, ja, sehr jung ...
Ein schmaler weißer Streifen schimmerte zwischen ihren Lidern. Ihre Augen öffneten sich, erschreckte, ängstliche Augen. Sie starrte ihn an, setzte sich auf und warf den Kopf zurück in dem Bemühen, die dichte Mähne blauschwarzen Haares zurückzuwerfen. Sie sah aus wie ein verschrecktes Fohlen und wich zurück, wie ein wildes Tier zurückweicht, wenn es einem Fremden mißtraut, der ihm Futter reicht.
Sie begann zu sprechen – und ihre Stimme klang jung, dünn und schroff:
»Wer zum Teufel sind Sie?«
»Fürchten Sie sich nicht, Mademoiselle.«
»Wo ist Dr. Stoddart?«
In diesem Augenblick kam der junge Mann in das Zimmer – das Mädchen seufzte erleichtert:
»Oh, da sind Sie. Wer ist das?«
»Das ist ein Freund von mir, Sheila. Wie fühlen Sie sich jetzt?«
Das Mädchen klagte:
»Elend, lausig ... Warum habe ich nur das abscheuliche Zeug genommen?«

Stoddart sagte trocken:
»Ich würde es an Ihrer Stelle nicht mehr tun.«
»Ich – ich werde es auch nicht mehr tun.«
Hercule Poirot schaltete sich ein.
»Wer hat es Ihnen gegeben?«
Ihre Augen weiteten sich. Ihre Oberlippe zuckte ein wenig.
»Es war hier – auf dem Fest. Wir haben es alle probiert. Es – es war zuerst wundervoll.«
Hercule Poirot forschte sanft:
»Aber wer hat es hergebracht?«
Sie schüttelte den Kopf.
»Ich weiß nicht ... Vielleicht Tony Hawker. Aber ich weiß wirklich nichts darüber.«
Poirot fragte weiter:
»Ist es das erstemal, daß Sie Kokain genommen haben, Mademoiselle?«
Sie nickte.
»Lassen Sie es lieber das letztemal sein«, warf Stoddart barsch ein.
»Ja, Sie haben recht – aber es war wunderbar.«
»Hören Sie mir zu, Sheila Grant«, sagte Stoddart. »Ich bin Arzt und weiß, wovon ich rede. Wenn Sie einmal mit Drogen anfangen, werden Sie in eine unglaubliche Misere geraten. Ich habe genügend Fälle gesehen und weiß es. Drogen richten die Menschen körperlich und seelisch zugrunde. Trinken ist ein Kinderspiel dagegen. Machen Sie Schluß damit. Glauben Sie mir, es ist kein Spaß! Was, glauben Sie, würde Ihr Vater sagen, wenn er die Geschichte von heute nacht wüßte?«
»Vater?« Sheila Grants Stimme wurde schrill. »Vater?« Sie begann zu lachen. »Ich sehe Vaters Gesicht vor mir! Er darf nichts davon erfahren. Er würde toben!«

»Und mit vollem Recht«, sagte Stoddart.
»Doktor – Doktor –«, jammerte Mrs. Grace in dem anderen Zimmer.
Stoddart brummte etwas wenig Schmeichelhaftes und ging hinaus.
Sheila Grant starrte Poirot wieder an. Sie zerbrach sich offenbar den Kopf.
»Wer sind Sie eigentlich? Sie waren nicht auf der Party?«
»Nein, ich war nicht auf der Party. Ich bin ein Freund von Dr. Stoddart.«
»Sind Sie auch Arzt? Sie sehen nicht so aus.«
»Mein Name«, erklärte Hercule Poirot und verstand es wie immer, die einfache Feststellung klingen zu lassen wie die letzten Worte im ersten Akt eines Theaterstückes, knapp bevor der Vorhang fällt, »mein Name ist Hercule Poirot ...«
Die Feststellung verfehlte nicht ihre Wirkung. Zuweilen mußte Poirot schmerzlich erfahren, daß eine oberflächliche jüngere Generation nie von ihm gehört hatte.
Aber es war klar, daß Sheila Grant schon von ihm gehört hatte. Sie war entgeistert – sprachlos. Sie sperrte die Augen auf.

Es wird mit Recht oder Unrecht behauptet, daß jedermann eine Tante in Torquay hat.
Es wird auch behauptet, daß jedermann wenigstens einen Vetter zweiten Grades in Mertonshire hat. Mertonshire liegt in einer vernünftigen Entfernung von London, man kann dort reiten, jagen und fischen; es hat einige sehr malerische, vielleicht allzu kulissenhafte Dörfer, es hat gute Eisenbahnverbindungen und eine neue Straße, die das Autofahren von und nach London erleichtert. Dienstboten weigern sich weniger

heftig dorthin zu gehen als in andere ländliche Distrikte der Britischen Inseln.
Daher ist es so gut wie unmöglich, in Mertonshire zu leben, wenn man kein vierstelliges Einkommen hat, und mit der Einkommensteuer und allem Drumherum ist ein fünfstelliges noch besser.
Hercule Poirot hatte als Ausländer keinen Vetter zweiten Grades in der Grafschaft, aber er hatte sich im Lauf der Zeit einen großen Freundeskreis geschaffen, und es fiel ihm nicht schwer, sich in dieser Gegend einladen zu lassen. Er hatte sich überdies eine liebenswürdige Dame als Gastgeberin gewählt, deren größtes Vergnügen es war, ihre Zunge an ihren Nachbarn zu wetzen – der einzige Nachteil war, daß Poirot sehr viel Geklatsch über Leute über sich ergehen lassen mußte, die ihn gar nicht interessierten, ehe man auf die Leute zu sprechen kam, die ihn tatsächlich interessierten.
»Die Grants? O ja, es sind vier Töchter. Kein Wunder, daß der arme General nicht mit ihnen fertig wird. Was soll auch ein Mann mit vier Mädchen anfangen?« Lady Carmichael schlug die Hände über dem Kopf zusammen.
Poirot murmelte: »Ja, wirklich.«
Die Dame fuhr fort:
»Er hat in seinem Regiment streng auf Zucht und Ordnung gehalten, sagte er mir. Aber gegen diese Mädchen kommt er nicht auf. In meiner Jugend war das anders. Der alte Oberst Sandys war so streng, daß seine unglücklichen Töchter –«
(Langer Exkurs über die Leiden der Sandys-Mädchen und anderen Jugendfreundinnen von Lady Carmichael.)
»Wissen Sie«, sagte Lady Carmichael, auf das frühere Thema zurückkommend, »ich sage nicht, daß diese Mädchen etwas wirklich Unrechtes tun. Sie sind nur

ausgelassen – und in schlechte Gesellschaft geraten. Es ist hier nicht mehr, wie es war. Die sonderbarsten Leute kommen hierher. Von den guten alten Familien ist niemand mehr da. Heutzutage ist alles nur Geld, Geld, Geld. Und man hört die merkwürdigsten Geschichten! Wen, sagen Sie? Antony Hawker? O ja, ich kenne ihn. Ein ausgesprochen unsympathischer junger Mann. Aber offenbar schwimmt er in Geld. Er kommt hierher, um zu jagen – und er gibt viele Parties – sehr splendide – und auch sehr merkwürdige, wenn man alles glauben soll, was gesagt wird – nicht daß ich das täte, ich finde, die Leute sind so übelwollend. Sie glauben immer das Schlimmste. Wissen Sie, es ist direkt modern geworden zu sagen, daß jemand trinkt oder Kokain schnupft. Neulich sagte mir jemand, daß junge Mädchen geborene Trinkerinnen sind, und ich finde, so etwas kann man wirklich nicht sagen. Und wenn jemand nur ein bißchen komisch oder zerstreut ist, sagt jedermann ›Kokain‹, und das ist auch unfair. Man sagt es zum Beispiel von Mrs. Larkin, und obwohl ich die Frau nicht leiden kann, so glaube ich wirklich, daß es nur Gedankenlosigkeit ist. Sie ist übrigens eine gute Freundin von Ihrem Antony Hawker, und wenn Sie mich fragen, ist sie darum so gegen die Grant-Mädchen und sagt, daß sie die Männer verschlingen. Freilich muß ich selbst sagen, daß sie ein wenig hinter den Männern her sind, aber warum auch nicht? Es ist schließlich nur natürlich. Und sie sind alle vier bildhübsch.«
Poirot warf eine Frage dazwischen.
»Mrs. Larkin? Mein Lieber, fragen Sie mich nicht, wer sie ist! Wer ist heutzutage jemand? Man sagt, daß sie gut reitet, und sie ist offenbar reich. Der Mann war irgend etwas in der City. Sie ist Witwe, nicht geschieden. Sie ist noch nicht lange hier. Sie

kam gleich nach den Grants. Ich habe immer gedacht, daß sie —«
Die alte Dame hielt plötzlich inne. Ihr Mund blieb offen, ihre Augen traten hervor. Sie beugte sich vor und versetzte Poirot mit einem Papiermesser, das sie in der Hand hielt, einen festen Schlag über die Knöchel. Sein schmerzliches Zusammenzucken ignorierend, rief sie aufgeregt aus:
»Natürlich! *Darum* sind Sie hier! Sie abscheulicher Mensch, ich bestehe darauf, daß Sie mir alles darüber erzählen.«
»Aber worüber soll ich Ihnen erzählen?«
Lady Carmichael zielte wieder scherzhaft mit dem Papiermesser, aber Poirot wich dem Schlag geschickt aus.
»Seien Sie kein Fisch, Hercule Poirot! Ich sehe, wie Ihre Schnurrbartspitzen zittern. Natürlich sind Sie wegen eines Verbrechens hier – und horchen mich einfach schamlos aus! Warten Sie, kann es Mord sein? Wer ist jüngst gestorben? Nur die alte Louisa Gilmore, und sie war fünfundachtzig und hatte die Wassersucht. Sie kann es nicht sein. Der arme Leo Staverton hat sich bei der Fuchsjagd beide Beine gebrochen und ist ganz in Gips – das kann es auch nicht sein. Vielleicht ist es nicht Mord. Wie schade! Ich kann mich in letzter Zeit an keine besonderen Schmuckdiebstähle erinnern... Vielleicht sind Sie nur einem Verbrecher auf der Spur... Ist es Beryl Larkin? Hat sie ihren Mann vergiftet? Vielleicht macht die Reue sie so geistesabwesend.«
»Madame, Madame«, rief Hercule Poirot aus, »Ihre Phantasie geht mit Ihnen durch!«
»Unsinn! Sie führen etwas im Schilde, Hercule Poirot.«
»Kennen Sie die alten Klassiker, Madame?«

»Was haben die Klassiker damit zu tun?«
»Folgendes: Ich eifere meinem hehren Vorbild, dem Helden Herkules, nach. Eine seiner Arbeiten war die Zähmung der wilden Stuten des Diomedes.«
»Sagen Sie mir nicht, daß Sie hergekommen sind, Pferde zu trainieren – in Ihrem Alter – und immer in Lackschuhen! Sie sehen mir nicht so aus, als wären Sie je in Ihrem Leben auf einem Pferd gesessen!«
»Die Pferde sind symbolisch, Madame. Es waren die wilden Stuten, die Menschenfleisch fraßen.«
»Wie abscheulich von ihnen. Ich finde immer diese alten Griechen und Römer so abscheulich. Ich verstehe nicht, warum die Pfarrer so gerne die Klassiker zitieren. Erstens versteht man nie, was sie meinen, und außerdem sind die ganzen Themen der Klassiker für Pfarrer höchst unpassend. So viel Inzest und all diese nackten Statuen – mir persönlich macht das nichts aus, aber Sie wissen doch, wie die Pfarrer sind – immer ganz außer sich, wenn die Mädchen ohne Strümpfe in die Kirche kommen – warten Sie, wo war ich nur?«
»Ich weiß es nicht mehr genau.«
»Sie Elender, Sie wollen mir nur nicht sagen, ob Mrs. Larkin ihren Mann umgebracht hat. Oder vielleicht ist Antony Hawker der Eisenbahnmörder von Brighton?« Sie sah ihn erwartungsvoll an, aber Hercule Poirot verzog keine Miene.
»Es könnte auch Fälschung sein«, überlegte Lady Carmichael – »ich habe Mrs. Larkin neulich morgens in der Bank gesehen, und sie ließ sich gerade einen Scheck über fünfzig Pfund in bar auszahlen – es schien mir damals eine große Summe Bargeld auf einmal. Aber nein, es müßte ja umgekehrt sein – wäre sie eine Fälscherin, würde sie das Geld ja einzahlen, nicht wahr? Poirot, wenn Sie weiter stumm dasitzen und

den Mund nicht aufmachen, werfe ich Ihnen etwas an den Kopf.«
»Sie müssen sich ein wenig gedulden«, sagte Hercule Poirot.

Ashley Lodge, der Wohnsitz von General Grant, war kein großes Haus. Es lag am Fuß eines Hügels, hatte gute Stallungen und einen weitläufigen, etwas vernachlässigten Park.
Innen war es, was ein Immobilienhändler »komplett möbliert« nennen würde. Buddhas mit gekreuzten Beinen grinsten aus Nischen herunter, indische Messingtabletts und Tische hinderten die Bewegungsfreiheit. Elefantenprozessionen verzierten die Kaminsimse, und andere überladene Messingarbeiten schmückten die Wände.
Inmitten dieses anglo-indischen Heimes fern der Heimat saß der General in einem großen schäbigen Lehnstuhl. Eines seiner Beine ruhte bandagiert auf einem anderen Stuhl.
»Gicht«, erklärte er. »Haben Sie je an Gicht gelitten, Monsieur – hm – Poirot? Macht einen verteufelt schlecht gelaunt! Das verdanke ich meinem Vater. Hat sein Leben lang Portwein getrunken und mein Großvater auch. Es hat mir übel mitgespielt. Wollen Sie etwas trinken? Klingeln Sie bitte meinem Burschen.«
Ein Diener im Turban erschien. General Grant sprach ihn mit Abdul an und befahl ihm, Whisky und Soda zu bringen. Als der Whisky kam, schenkte er eine so reichliche Portion ein, daß Poirot protestierte.
»Kann Ihnen nicht Gesellschaft leisten, Monsieur Poirot.« Der General litt offenbar Tantalusqualen. »Mein Doktor-Wallah sagt, es ist Gift für mich. Ich glaube keinen Augenblick, daß er es wissen kann. Ignoranten, die Ärzte – Spielverderber. Sie verbieten einem

das Essen und Trinken und verordnen einem irgendeinen Papp wie gedünsteten Fisch. Gedünsteten Fisch – pah!«
In seiner Entrüstung bewegte der General unvorsichtigerweise sein schlimmes Bein und fluchte über den Schmerz. Dann entschuldigte er sich wegen seiner Ausdrucksweise.
»Ich bin wie ein alter Brummbär. Meine Töchter machen einen Bogen um mich, wenn ich einen Gichtanfall habe. Ich nehme es ihnen nicht übel. Ich höre, Sie haben eine von ihnen kennengelernt –«
»Ja, ich hatte dieses Vergnügen. Sie haben mehrere Töchter, nicht wahr?«
»Vier«, bestätigte der General mürrisch. »Nicht ein Junge darunter, vier ausgewachsene Mädel. Eine große Sorge heutzutage.«
»Sie sind alle vier sehr reizend, höre ich.«
»Nicht übel, nicht übel. Ich weiß nie, was für Unfug sie treiben, wissen Sie. Man kann Mädel heutzutage nicht im Zaum halten. Sie wachsen einem über den Kopf. Lockere Zeiten – alles ist gelockert. Was kann ein Mann allein machen? Ich kann sie doch nicht einsperren, nicht wahr?«
»Ich höre, sie sind in der Nachbarschaft sehr beliebt.«
»Außer bei ein paar von den boshaften alten Weibern«, sagte General Grant. »Es gibt hier viel Schafe, die die Lämmchen spielen. Eine von diesen Witwen mit den Unschuldsaugen hat mich fast eingefangen – sie ist immer hergekommen und hat geschnurrt wie ein Kätzchen. ›Armer General Grant – Sie müssen ein so interessantes Leben geführt haben.‹« Der General zwinkerte und legte einen Finger an die Nase. »Etwas zu deutlich, Monsieur Poirot. Nun, alles in allem ist es keine üble Gegend. Etwas zu betriebsam und lärmend für meinen Geschmack. Ich habe das Land geliebt, als

es noch echtes Land war – nicht all dieses Herumchauffieren und Jazz und das verdammte ewige Radio. Ich dulde keines im Haus, und die Mädel wissen es. Ein Mann hat das Recht auf ein wenig Ruhe im eigenen Heim.«
Poirot lenkte die Konversation vorsichtig auf Antony Hawker.
»Hawker? Hawker? Mir unbekannt. Halt, warten Sie, ich kenne ihn doch. Unsympathischer Kerl mit zu nahe beisammen liegenden Augen. Ich traue nie einem Mann, der einem nicht gerade ins Gesicht sehen kann.«
»Er ist mit Ihrer Tochter Sheila befreundet, nicht wahr?«
»Sheila? Nicht daß ich wüßte. Die Mädchen sagen mir nie etwas.« Die buschigen Augenbrauen zogen sich über der Nase zusammen – die durchdringenden blauen Augen blickten aus dem roten Gesicht geradewegs in Poirots Augen. »Hören Sie, Monsieur Poirot, um was handelt es sich? Möchten Sie mir nicht sagen, weshalb Sie mich aufgesucht haben?«
Poirot erklärte bedächtig:
»Das ist schwer zu sagen – vielleicht weiß ich es selbst kaum. Ich möchte nur eines sagen: Ihre Tochter Sheila, und vielleicht alle Ihre Töchter, haben einige unerwünschte Freundschaften geschlossen.«
»In schlechte Gesellschaft geraten, wie? Das habe ich befürchtet. Hie und da schnappt man ein Wort auf.« Er blickte Poirot Mitleid heischend an. »Aber was soll ich tun, Monsieur Poirot? Was soll ich tun?«
Poirot schüttelte ratlos den Kopf.
General Grant fuhr fort:
»Was ist denn an den Leuten auszusetzen, mit denen sie verkehren?«
Poirot erwiderte mit einer Gegenfrage:

»Ist Ihnen nicht aufgefallen, General Grant, daß irgendeine Ihrer Töchter launenhaft, hektisch – dann wieder deprimiert – reizbar – ungleichmäßig in ihren Stimmungen war?«
»Verflucht noch einmal, Sir, Sie sprechen wie die medizinische Spalte im Blatt der Hausfrau. Nein, ich habe nichts bemerkt.«
»Das ist ein Glück«, meinte Poirot ernst.
»Zum Teufel, was steckt hinter all dem?«
»Rauschgift!«
»*Was!*«
Er brüllte das Wort heraus. Poirot fuhr fort:
»Man versucht, Ihre Tochter Sheila zur Kokainschnupferin zu machen. Das geht sehr schnell. Ein bis zwei Wochen genügen. Wenn die Abhängigkeit da ist, wird ein Süchtiger jeden Preis bezahlen und alles tun, um sich das Gift zu verschaffen. Sie können sich vorstellen, was für einen Fang derjenige machen kann, der es vertreibt.«
Er hörte sich schweigend das Toben und die zornigen Flüche an, die aus dem Mund des alten Mannes flossen. Dann, als der Sturm sich gelegt und der General ganz genau beschrieben hatte, was er dem hündischen Sohn einer Hündin tun würde, wenn er ihn erwischen sollte, sagte Poirot:
»Zuerst müssen wir, wie Ihre bewunderungswürdige Mrs. Benton sagt, den Hasen fangen. Wenn wir einmal unseren Rauschgiftschieber erwischt haben, werde ich ihn Ihnen mit dem größten Vergnügen ausliefern, General.«
Er stand auf, stolperte über ein reichgeschnitztes Tischchen und gewann sein Gleichgewicht, indem er das bandagierte Bein des Generals packte. Er murmelte:
»Ich bitte tausendmal um Entschuldigung; und darf

ich Sie bitten – verstehen Sie mich, inständig bitten –, Ihren Töchtern kein Wort von all dem zu sagen.«
»Was? Ich werde die Wahrheit schon aus ihnen herausbringen, seien Sie versichert!«
»Das ist gerade das, was Sie nicht herausbringen werden. Alles, was Sie herausbringen werden, ist eine Lüge.«
»Aber verflucht noch mal, Sie –«
»Ich versichere Sie, General, daß Sie den Mund halten müssen. Es ist lebenswichtig – verstehen Sie: *lebenswichtig.*«
»Also schön, wie Sie meinen«, brummte der alte Haudegen. Er war besiegt, aber nicht überzeugt.
Poirot tappte vorsichtig durch die indischen Nippsachen hindurch und ging fort.

Mrs. Larkins Wohnzimmer war überfüllt. Mrs. Larkin selbst mixte an einem Seitentisch Cocktails. Sie war eine große Frau mit kastanienbraunem Haar, das sie in einer Rolle im Nacken trug. Ihre Augen waren graugrün mit großen schwarzen Pupillen. Sie bewegte sich leicht mit einer gewissen melancholischen Grazie. Sie sah aus wie Anfang Dreißig, und nur bei genauer Beobachtung sah man die Fältchen an den Augenwinkeln, die darauf schließen ließen, daß sie zehn Jahre älter war.
Hercule Poirot war von einer munteren älteren Dame, einer Freundin von Lady Carmichael, eingeführt worden. Man gab ihm einen Cocktail und bat ihn, einem jungen Mädchen, das in der Fensternische stand, ebenfalls einen zu bringen. Das Mädchen war klein und blond, ihr Gesicht war weiß und rosa und von verdächtiger Engelhaftigkeit. Poirot merkte sofort, daß ihre Augen flink und mißtrauisch blickten.
»Auf Ihr Wohl, Mademoiselle.«

Sie nickte und trank. Dann stieß sie hervor:
»Sie kennen meine Schwester, nicht wahr?«
»Ihre Schwester? Sind Sie eine der Grant-Töchter?«
»Ich bin Pam Grant.«
»Und wo ist Ihre Schwester heute?«
»Sie ist auf der Jagd. Sie müßte eigentlich schon zurück sein.«
»Ich habe Ihre Schwester in London getroffen.«
»Ich weiß.«
»Hat sie es Ihnen erzählt?«
Pam Grant nickte. Dann sagte sie abrupt:
»War Sheila in einer Klemme?«
»Also hat sie Ihnen nicht alles erzählt?«
Das junge Mädchen schüttelte den Kopf. Sie fragte:
»War Tony Hawker dort?«
Ehe Poirot antworten konnte, öffnete sich die Tür, und Hawker und Sheila Grant kamen herein. Sie waren in Reitkleidern, und Sheila hatte einen Kotspritzer auf der Wange.
»Hallo, wir kommen zu einem Drink. Tonys Feldflasche ist leer.«
Poirot murmelte:
Lupus in fabula –
Pam Grant sagte schnippisch: »Ja, Wolf ist der richtige Ausdruck.«
»Steht es so?« warf Poirot rasch ein.
Beryl Larkin ging auf die beiden zu.
»Da sind Sie ja, Tony. Erzählen Sie mir von der Jagd. Seid ihr durch das Gelert-Wäldchen geritten? Wie war es?«
Sie zog ihn geschickt auf ein Sofa neben dem Kamin. Poirot sah, wie er den Kopf wandte und Sheila anblickte, ehe er ging. Sheila hatte Poirot gesehen. Sie zögerte einen Augenblick. Dann gesellte sie sich zu den beiden am Fenster. Sie sagte unvermittelt:

»Also waren doch Sie es, der gestern bei uns im Haus war?«
»Hat Ihr Vater es Ihnen gesagt?«
Sie schüttelte den Kopf.
»Abdul hat Sie beschrieben. Ich – habe es erraten.«
Pam rief aus: »Sie haben Vater besucht?«
Poirot sagte:
»O ja. Wir haben – gemeinsame Freunde.«
»Das glaube ich nicht«, widersprach Pam scharf.
»Was glauben Sie nicht? Daß Ihr Vater und ich gemeinsame Freunde haben können?«
Das junge Mädchen errötete.
»Stellen Sie sich nicht dumm. Ich habe gemeint, daß das nicht der wirkliche Grund –«
Sie wandte sich an ihre Schwester.
»Warum sagst du nichts, Sheila?«
Sheila machte große Augen.
»Hatte es nichts – hatte es nichts mit Tony Hawker zu tun?«
»Warum sollte es etwas mit ihm zu tun haben?« fragte Poirot. Pam sagte plötzlich heftig, aber mit gedämpfter Stimme:
»Ich mag Tony Hawker nicht. Er – er hat etwas Unheimliches – und Mrs. Larkin auch, finde ich – sehen Sie sie jetzt an.«
Sheila errötete und ging zu den anderen zurück.
Poirot folgte ihrem Blick.
Hawker und Mrs. Larkin steckten die Köpfe zusammen. Er schien sie zu beruhigen. Ihre Stimme erhob sich einen Augenblick.
»– aber ich kann nicht warten. Ich brauche es *sofort*!«
Poirot sagte mit einem leisen Lächeln:
»*Les femmes* – was immer es ist –, sie brauchen es immer sofort, nicht wahr?«
Aber Pam ging auf den kleinen Scherz nicht ein. Ihr

Kopf war gesenkt. Sie strich nervös die Falten ihres Rockes zurecht.
Poirot sagte freundlich; »Sie sind ein ganz anderer Typ als Ihre Schwester, Mademoiselle.«
Sie warf den Kopf zurück, irritiert über den leichten Konversationston.
»Monsieur Poirot, was ist das für ein Zeug, das Tony Sheila gibt? Was ist es, das sie so – verändert?«
Er blickte ihr gerade in die Augen.
»Haben Sie je Kokain genommen, Miss Grant?«
Sie schüttelte den Kopf.
»O nein! Also das ist es? Kokain? Aber ist das nicht sehr gefährlich?«
Sheila Grant kam zu ihnen herüber, einen frischen Drink in der Hand.
»Was ist gefährlich?« fragte sie.
Poirot sagte:
»Wir sprechen über die Auswirkungen von Rauschgiften. Von dem langsamen seelischen und geistigen Tod – von der Zerstörung alles Guten und Edlen in einem Menschen.«
Sheila Grant stockte der Atem. Das Glas in ihrer Hand schwankte, und sein Inhalt ergoß sich auf den Boden.
Poirot fuhr fort:
»Ich glaube, Dr. Stoddart hat Ihnen klargemacht, was dieser lebendige Tod mit sich bringt. Es ist so leicht geschehen – und so schwer wiedergutzumachen. Der Mensch, der absichtlich aus der Erniedrigung und dem Elend anderer Nutzen zieht, ist ein Vampir, der den anderen das Blut aussaugt.«
Er wandte sich ab. In seinem Rücken hörte er Pam Grant zischen: »Sheila!« Und fing ein Flüstern – ein leises Flüstern von Sheila Grant auf. Es war so leise, daß er es kaum vernahm.
»Die Feldflasche ...«

Hercule Poirot verabschiedete sich von Mrs. Larkin und ging in die Vorhalle. Auf dem Tisch lag eine Feldflasche neben einer Reitgerte und einem Hut. Poirot nahm sie auf. Es war ein Monogramm auf ihr eingraviert: A. H.
Poirot murmelte zu sich selbst:
»Tonys Feldflasche ist leer?«
Er schüttelte sie leicht. Es klang nicht nach Alkohol. Er schraubte sie auf.
Tony Hawkers Feldflasche war nicht leer. Sie war gefüllt mit einem weißen Pulver ...

Hercule Poirot stand auf Lady Carmichaels Terrasse und redete einem jungen Mädchen ins Gewissen.
»Sie sind sehr jung, Mademoiselle. Ich glaube, daß Sie nicht gewußt haben, nicht wirklich gewußt haben, was Sie und Ihre Schwestern getan haben. Sie haben sich wie die Stuten des Diomedes von Menschenfleisch genährt.«
Sheila schauderte und schluchzte auf.
»So ausgedrückt klingt es grauenhaft. Und dabei ist es wahr! Bis zu dem Abend in London, wo Dr. Stoddart mit mir gesprochen hat, ist es mir nie klargeworden. Er sprach so ernst und eindringlich. Da habe ich eingesehen, wie schrecklich das war, was ich getan hatte ... Früher dachte ich, es ist wie – oh – ungefähr wie zu unerlaubten Stunden trinken – etwas, wofür die Leute zahlen, um es zu kriegen, aber nicht etwas, was wirklich sehr viel ausmacht!«
Poirot sagte:
»Und jetzt?«
»Ich werde alles machen, was Sie sagen«, versprach Sheila Grant. »Ich – ich werde auch mit den anderen sprechen.« Sie fügte hinzu: »Dr. Stoddart wird jetzt wohl nie mehr mit mir sprechen ...«

»Im Gegenteil«, sagte Poirot. »Sowohl Dr. Stoddart als ich werden alles tun, was in unserer Macht steht, um Ihnen zu helfen, ein neues Leben zu beginnen. Sie können sich auf uns verlassen. Aber etwas muß geschehen – einem Menschen muß das Handwerk endgültig gelegt werden, und das können nur Sie und Ihre Schwestern tun. Ihre, und nur Ihre, Aussagen können ihn überführen.«
»Sie meinen – meinen Vater?«
»Nicht Ihren Vater, Mademoiselle. Habe ich Ihnen nicht gesagt, daß Hercule Poirot alles weiß? Ihre Fotografie wurde von der Polizei mühelos identifiziert. Sie sind Sheila Kelly – eine hartnäckige junge Ladendiebin, die vor einigen Jahren in eine Besserungsanstalt geschickt wurde. Als Sie entlassen wurden, trat ein Mann an Sie heran, der sich General Grant nennt, und bot Ihnen diesen Posten als ›Tochter‹. Viel Geld, viel Unterhaltung, ein gutes Leben. Alles, was Sie zu tun hatten, war, bei Ihren Freunden den ›Schnupftabak‹ einzuführen, immer unter der Vorspiegelung, daß Sie ihn von jemand anderem bekommen hatten. Ihre ›Schwestern‹ waren in der gleichen Situation wie Sie.«
Nach einer kleinen Pause sagte er:
»*Allons, Mademoiselle* – der Mann muß entlarvt und verurteilt werden. Danach –«
»Ja, danach?«
Poirot räusperte sich. Er sagte lächelnd:
»Werden Sie dem Dienst der Götter geweiht ...«

Michael Stoddart starrte Poirot verblüfft an.
»General Grant? General *Grant*!«
»Kein anderer, *mon cher*. Die ganze Aufmachung war, was man ›*talmi*‹, nennt, wissen Sie. Die Buddhas, das indische Kunstgewerbe, der indische Diener! Und

die Gicht auch! Gicht ist unmodern. Greise haben Gicht, aber nicht Väter von neunzehnjährigen Töchtern.
Überdies habe ich mich überzeugt. Beim Hinausgehen stolperte ich und packte den gichtischen Fuß, um mich festzuhalten. Der gute Mann war von meinen Ausführungen so verstört, daß er es nicht einmal bemerkt hat. O ja, der General ist sehr ›talmi‹. *Tout de même* ist die Idee nicht schlecht. Der pensionierte, anglo-indische General, die wohlbekannte Lustspielfigur mit einer kranken Galle und einem cholerischen Temperament, er läßt sich nieder – aber nicht inmitten anderer pensionierter Offiziere – o nein, er geht in ein Milieu, das für den gewöhnlichen pensionierten Offizier viel zu kostspielig ist. Aber hier sind reiche Leute, Leute aus London – ein ausgezeichneter Markt für seine Ware. Und wer würde vier lebenslustige, hübsche junge Mädchen verdächtigen? Wenn irgend etwas herauskommt, wird man sie für die Opfer halten – das ist gewiß!«
»Was hatten Sie eigentlich im Sinn, als Sie den alten Hund aufgesucht haben? Wollten Sie ihm Angst einjagen?«
»Ja, ich wollte sehen, was geschieht. Ich mußte nicht lange warten. Die Mädchen bekamen ihre Instruktionen. Antony Hawker, in Wirklichkeit eines ihrer Opfer, sollte der Sündenbock sein. Sheila sollte mir von der Feldflasche in der Halle sagen. Sie konnte es fast nicht über sich bringen, es zu tun – aber das andere Mädchen zischte zornig ›Sheila‹, und da stammelte sie es hervor.«
Michael Stoddart stand auf und durchmaß das Zimmer.
»Wissen Sie, ich habe nicht die Absicht, dieses Mädchen aus den Augen zu verlieren. Ich habe eine ganz

gesunde Theorie über diese verbrecherischen Neigungen Jugendlicher. Wenn man Einblicke in das Familienleben gewinnt, findet man fast immer –«
Poirot unterbrach ihn.
Er sagte:
»*Mon cher*, ich habe den größten Respekt vor Ihrer Wissenschaft. Ich zweifle nicht, daß Ihre Theorien sich im Fall der kleinen Sheila bewähren werden.«
»Bei den anderen auch.«
»Bei den anderen vielleicht. Es kann sein. Die einzige, bei der ich überzeugt bin, ist die kleine Sheila. Sie werden Sie zähmen, das ist klar. In Wirklichkeit frißt sie schon aus Ihrer Hand ...«
»Was reden Sie da für einen Unsinn, Poirot«, wehrte Michael Stoddart errötend ab.

Der Gürtel der Hippolyta

Eines führt zum anderen, wie Hercule Poirot ohne Anspruch auf Originalität so gerne sagt.
Der beste Beweis dafür, fügte er hinzu, war der Fall des gestohlenen Rubens.
Er hatte sich nie sehr für diesen Rubens interessiert. Erstens ist er kein Bewunderer von Rubens, und zweitens waren die Umstände des Diebstahls sehr banal. Er übernahm den Fall, um seinem Freund Alexander Simpson einen Gefallen zu tun, und aus gewissen privaten Gründen, die nicht ohne Zusammenhang mit der griechischen Mythologie waren.
Nach dem Diebstahl ließ Alexander Simpson Poirot kommen und schüttete ihm sein Herz aus. Der Rubens war eine Entdeckung jüngsten Datums, ein bis dahin unbekanntes Meisterwerk, aber seine Echtheit wurde nicht angezweifelt. Er war in der Galerie Simpson ausgestellt gewesen und bei hellichtem Tag gestohlen worden. Es geschah zu der Zeit, als die Arbeitslosen die Taktik verfolgten, sich an Straßenkreuzungen niederzulegen und ins Ritz einzudringen. Eine kleine Gruppe von ihnen war in die Galerie Simpson eingedrungen und hatte sich dort mit groß aufgemachten Schlagworten wie: »*Kunst ist Luxus. Nährt die Hungrigen*« niedergelassen. Man hatte die Polizei geholt, die Neugierigen hatten sich in Scharen eingefunden, und erst nachdem die Demonstranten durch den Arm des Gesetzes mit Gewalt entfernt worden waren, bemerkte man, daß der Rubens sauber aus dem Rahmen geschnitten und ebenfalls entfernt worden war.
»Es ist ein ganz kleines Bild, wissen Sie«, erklärte Mr. Simpson. »Ein Mann konnte es unter den Arm nehmen und sich damit fortmachen, während alle diese unglücklichen Arbeitslosen anstarrten.«

Die besagten Arbeitslosen, stellte sich heraus, waren für ihre unschuldige Rolle bei dem Raub bezahlt worden. Man hatte sie beauftragt, in der Galerie Simpson zu demonstrieren, den wahren Grund hatten sie erst nachträglich erfahren.
Hercule Poirot fand den Trick nicht schlecht, sah aber nicht recht, was er in dem Fall Besonderes leisten sollte. Er wies darauf hin, daß man sich auf die Polizei verlassen könne, einen glatten Raub aufzudecken.
Alexander Simpson sagte:
»Hören Sie mich an, Poirot. Ich weiß, wer das Bild gestohlen hat und wo es hingeht.«
Nach Ansicht des Besitzers der Galerie Simpson war das Bild von einer internationalen Verbrecherbande für einen bestimmten Millionär gestohlen worden, der keineswegs darüber erhaben war, Kunstwerke zu einem erstaunlich billigen Preis zu kaufen – und keinerlei Fragen zu stellen! Der Rubens, meinte Simpson, würde nach Frankreich geschmuggelt werden, um dort in den Besitz des Millionärs überzugehen. Die englische und französische Polizei waren alarmiert worden, aber Simpson hatte kein allzu großes Vertrauen in sie. »Und wenn es einmal in den Besitz von diesem Kerl übergegangen ist, wird alles viel schwieriger sein. Reiche Leute müssen mit Respekt behandelt werden. Deshalb habe ich mich an Sie gewendet. Sie sind der Mann dafür.«
Schließlich willigte Poirot, wenn auch ohne Begeisterung, ein, den Fall zu übernehmen, und erklärte sich bereit, sich nach Frankreich zu begeben.
Die Sache interessierte ihn nicht sonderlich, aber durch sie wurde ihm der Fall des vermißten Schulmädchens übergeben, der ihn dagegen sehr interessierte.
Er hörte zuerst davon durch Oberinspektor Japp, der

ihn gerade aufsuchte, als er seinen Diener für das gute Einpacken lobte.
»Also«, sagte Japp, »Sie fahren nach Frankreich, nicht wahr?«
»*Mon cher,* ihr seid bei Scotland Yard unglaublich gut informiert«, entgegnete Poirot.
Japp kicherte.
»Wir haben unsere Spione. Simpson hat Sie auf diese Rubensgeschichte angesetzt. Er traut uns scheinbar nicht. Nun, das gehört nicht hierher, aber ich will etwas ganz anderes von Ihnen. Da Sie ohnehin nach Paris fahren, könnten Sie zwei Fliegen auf einen Schlag erledigen. Detektivinspektor Hearn ist drüben, um mit den Franzosen zusammenzuarbeiten – Sie kennen ihn doch? Ein anständiger Kerl – aber ohne Phantasie. Ich möchte Ihre Meinung über die Sache hören.«
»Von welcher Sache sprechen Sie eigentlich?«
»Ein Schulmädchen ist verschwunden. Es wird heute in den Abendblättern stehen. Sieht aus, als wäre es in die Finger eines Kidnappers geraten. Tochter eines Kanonikus von Grantchester. King heißt sie, Winnie King.«
Er erzählte ihm die Geschichte.
Winnie war auf dem Weg nach Paris gewesen, in Miss Popes exklusives Pensionat für junge Engländerinnen und Amerikanerinnen. Winnie war mit dem Frühzug von Grantchester nach London gekommen. Am Bahnhof hatte sie ein Mitglied der »Älteren Schwesternvereinigung«, die solche Aufgaben übernimmt, abgeholt und zur Victoria Station gebracht und dort Miss Burshaw, Miss Popes Stellvertreterin, übergeben. Winnie hatte Victoria Station zusammen mit achtzehn anderen jungen Mädchen mit dem Zug nach Dover verlassen. Neunzehn Mädchen hatten den Kanal überquert, den Zoll in Calais passiert, den Pariser Zug bestiegen

und im Speisewagen gegessen. Aber als Miss Burshaw in den Vororten von Paris die Köpfe ihrer Schutzbefohlenen zählte, entdeckte man, daß nur achtzehn Mädchen da waren.

»Aha«, Poirot nickte. »Ist der Zug irgendwo stehengeblieben?«

»In Amiens, aber um diese Zeit waren die Mädchen im Speisewagen, und sie erklärten einstimmig, daß Winnie damals noch mit ihnen war. Sie haben sie sozusagen auf dem Rückweg in ihre Abteile verloren. Das heißt, sie kam nicht mit den anderen fünf in ihr eigenes Abteil zurück. Die Mädchen dachten nicht, daß das etwas zu bedeuten habe, sie dachten einfach, sie sei in einem der übrigen reservierten Abteile.«

Poirot nickte.

»Wann genau wurde sie zum letztenmal gesehen?«

»Ungefähr zehn Minuten nachdem der Zug Amiens verlassen hatte.« Japp hüstelte diskret. »Sie wurde zuletzt gesehen – hm –, als sie in die Toilette ging.«

Poirot murmelte:

»Sehr natürlich.« Er fuhr fort: »Ist das alles?«

»Nein, noch etwas.« Japp machte ein grimmiges Gesicht. »Ihr Hut wurde neben dem Geleise gefunden – ungefähr 20 Kilometer von Amiens entfernt.«

»Aber keine Leiche?«

»Keine Leiche.«

»Was ist Ihre Ansicht?« fragte Poirot.

»Schwer, sich ein Bild zu machen! Da man keine Spur ihrer Leiche gefunden hat – kann sie nicht aus dem Zug gefallen sein.«

»Hat der Zug nach Amiens denn überhaupt noch einmal gehalten?«

»Nein, er hat einmal das Tempo verlangsamt – wegen eines Signals, aber er blieb nicht stehen, und ich bezweifle, daß er das Tempo genug verlangsamt hat, da-

mit jemand abspringen konnte, ohne sich schwer zu verletzen. Sie glauben vielleicht, daß das Kind Angst bekommen und versucht hat fortzulaufen? Es war ihr erstes Semester, und sie hatte vielleicht Heimweh, das mag sein, aber immerhin ist sie fünfzehneinhalb, ein vernünftiges Alter, und sie war während der ganzen Fahrt heiter und hat munter drauflosgeschwätzt und so weiter.«
»Hat man den Zug durchsucht?«
»O ja, man hat ihn gründlich durchsucht, bevor er in die Gare du Nord einfuhr. Das Mädchen war nicht im Zug, das steht fest.«
Japp fügte erbittert hinzu:
»Sie ist einfach verschwunden – sie hat sich in die leere Luft verflüchtigt. Es geht über meinen Verstand, Monsieur Poirot. Es ist toll!«
»Was für ein Mädchen war sie?«
»Ganz normaler Typ, soviel ich weiß.«
»Ich meine, wie sah sie aus?«
»Ich habe eine Amateuraufnahme von ihr hier. Sie ist nicht gerade eine erblühende Schönheit.«
Er reichte die Aufnahme Poirot, der sie schweigend studierte.
Sie stellte ein hochaufgeschossenes Mädchen mit zwei Zöpfen dar. Es war kein gestelltes Bild und offenbar ohne Wissen von Winnie King aufgenommen. Sie aß gerade einen Apfel, ihre Lippen waren halb geöffnet und ließen leicht hervorstehende Zähne mit einer Zahnspange sehen. Sie trug eine Brille.
Japp sagte:
»Ein häßliches Kind – aber es ist das undankbarste Alter! Ich war gestern bei meinem Zahnarzt und sah im *Sketch* ein Bild von Marcia Gaunt, der diesjährigen englischen Schönheitskönigin. Ich kann mich erinnern, wie sie mit fünfzehn aussah, als ich wegen der

Einbruchsgeschichte auf dem Schloß war. Miserabler Teint, linkisch, mit hervorstehenden Zähnen und strähnigem, ungepflegtem Haar. Und über Nacht werden sie Schönheiten – ich weiß nicht, wie sie es anstellen! Es ist ein Wunder.«
Poirot lächelte.
»Die Frauen«, meinte er, »sind ein Geschlecht der Wunder! Was sagt die Familie der Kleinen? Kann sie uns irgendwie an die Hand gehen?«
Japp schüttelte den Kopf.
»Leider nicht. Die Mutter ist leidend. Der arme alte Kanonikus King ist wie vor den Kopf geschlagen. Er schwört, daß sie entzückt war, nach Paris zu gehen, daß sie sich die ganze Zeit darauf gefreut hatte. Sie wollte Malerei und Musik studieren – all das Zeug. Miss Popes Pensionärinnen sind alle äußerst kunstbeflissen. Wie Sie wahrscheinlich wissen, ist Miss Popes Institut sehr bekannt. Eine Menge junger Mädchen geht hin. Sie ist streng – der richtige Drache – die Pension sehr teuer – und sehr exklusiv.«
Poirot seufzte.
»Ich kenne den Typus. Und Miss Burshaw, die die Mädchen von England hinüberbrachte?«
»Sie ist kein Geisteskind. In Todesangst, daß Miss Pope ihr die Schuld geben wird.«
Poirot fragte nachdenklich:
»Kein junger Mann in der Geschichte?«
Japp wies auf die Fotografie.
»Sieht sie so aus?«
»Nein, das nicht. Aber trotz ihres Äußeren kann sie ein romantisches Gemüt haben. Fünfzehn ist nicht so jung.«
»Nun«, sagte Japp, »wenn ihr romantisches Gemüt sie von dem Zug weggezaubert hat, fange ich an, Frauenromane zu lesen.«

Er blickte erwartungsvoll auf Poirot.
»Haben Sie keine Idee – wie?«
Poirot schüttelte langsam den Kopf.
»Hat man nicht vielleicht auch ihre Schuhe neben dem Geleise gefunden?«
»Schuhe? Nein. Warum Schuhe?«
Poirot murmelte:
»Nur ein Gedanke . . .«

Hercule Poirot wollte gerade zu seinem Taxi hinuntergehen, als das Telefon klingelte. Er nahm den Hörer ab.
»Ja?«
Japp war am Apparat.
»Gut, daß ich Sie noch erwische. Es ist alles abgeblasen. Als ich nach Scotland Yard zurückkam, war eine Botschaft da. Das Mädchen ist aufgetaucht. Neben der Hauptstrecke, 30 Kilometer von Amiens entfernt. Sie ist ganz verwirrt, und man kann nichts Zusammenhängendes aus ihr herauskriegen. Der Doktor sagt, man hat ihr etwas eingegeben, aber sonst fehlt ihr nichts.«
Poirot sagte langsam:
»Also brauchen Sie meine Dienste nicht?«
»Leider nicht. Bedaure uneeendlich, Sie gestööört zu haben, Sir.«
Japp lachte über seinen Scherz und hängte auf.
Hercule Poirot lachte nicht. Er legte den Hörer auf die Gabel. Sein Gesicht war besorgt.

Detektivinspektor Hearn sah Poirot interessiert an.
»Ich wußte nicht, daß Sie sich der Sache so annehmen würden, Sir.«
Poirot erklärte:
»Hat Oberinspektor Japp Sie verständigt, daß ich mich eventuell mit Ihnen über die Sache beraten würde?«
Hearn nickte.

»Er sagte, daß Sie in einer anderen Angelegenheit herüberkommen und uns bei der Lösung dieses Rätsels an die Hand gehen würden. Aber ich hatte Sie nicht erwartet, jetzt, wo alles aufgeklärt ist. Ich dachte, Sie würden mit Ihrer eigenen Angelegenheit vollauf beschäftigt sein.«

»Meine eigene Angelegenheit kann warten«, winkte Poirot ab. »Diese Sache interessiert mich. Sie nennen sie ein Rätsel und sagen, daß sie jetzt aufgeklärt ist. Aber mir scheint, das Rätsel ist noch keineswegs gelöst.«

»Nun, Sir, das Kind ist heil wieder da. Das ist die Hauptsache.«

»Aber es löst das Rätsel nicht, wieso es zurückgekommen ist, nicht wahr? Was sagt sie selbst? Sie wurde doch von einem Arzt untersucht, nicht wahr? Was sagt er?«

»Er sagt, daß man sie betäubt hat. Sie war noch ganz benebelt davon. Anscheinend kann sie sich kaum an etwas erinnern, seitdem sie von Grantchester abgereist ist. Alle späteren Ereignisse sind wie ausgelöscht. Der Arzt meint, daß sie vielleicht eine kleine Gehirnerschütterung hatte. Sie hat eine Quetschung am Hinterkopf. Das kann die Gedächtnislücke erklären.«

»Was irgend jemandem sehr gelegen kommt!« ergänzte Poirot.

»Sie glauben doch nicht, daß sie Komödie spielt, Sir?«

»Glauben Sie es?«

»Nein, durchaus nicht. Sie ist ein liebes Kind – ein bißchen kindisch für ihr Alter.«

»Nein, sie simuliert nicht.« Poirot schüttelte den Kopf. »Aber ich möchte wissen, wie sie aus dem Zug herausgekommen ist. Ich will wissen, wer dafür verantwortlich ist und warum es geschah.«

»Was das Warum betrifft, Sir, so möchte ich sagen, daß es ein Versuch war, das Mädchen zu entführen. Sie wollten ein Lösegeld für sie erpressen.«
»Aber sie haben es nicht getan.«
»Sie haben bei dem Zetergeschrei die Nerven verloren und sie schnell neben dem Geleise ausgesetzt.«
Poirot fragte skeptisch:
»Und welches Lösegeld konnten sie von einem Kanonikus der Kathedrale von Grantchester erwarten? Englische Prälaten sind keine Millionäre.«
Detektivinspektor Hearn sagte munter:
»Meiner Meinung nach haben die Leute die ganze Sache verpfuscht, Sir.«
»Ah, also das ist Ihre Meinung.«
Hearn bekam einen roten Kopf.
»Und was meinen Sie, Sir?«
»Ich möchte wissen, wie man sie aus dem Zug herausgeschmuggelt hat.«
Das Gesicht des Polizeibeamten verdüsterte sich.
»Das ist wirklich ein Rätsel. Eine Minute ist sie noch da und plaudert mit den anderen Mädchen im Speisewagen, und fünf Minuten darauf ist sie verschwunden – hast du's nicht gesehen – wie bei einem Zauberkunststück.«
»Eben, wie bei einem Zauberkunststück! Wer war noch in dem Wagen, in dem sich Miss Popes reservierte Abteile befanden?«
Inspektor Hearn nickte.
»Das ist ein sehr wichtiger Punkt, Sir. Besonders wichtig, weil es der letzte Wagen war und kaum alle Leute vom Speisewagen zurückgekommen waren, da die Verbindungstüren zu den anderen Wagen verschlossen wurden – um zu verhindern, daß die Leute zum Speisewagen drängten, um Tee zu verlangen, ehe man Zeit gehabt hatte, den Lunch abzuservieren. Winnie

King kam mit den anderen zurück – die Schule hatte drei Abteile reserviert.«
»Und in den anderen Abteilen des Wagens?«
Hearn zog sein Notizbuch hervor:
»Miss Jordan und Miss Butters – zwei alte Jungfern, die in die Schweiz reisten. Nichts Verdächtiges an ihnen, äußerst achtbar. In Hampshire, wo sie herstammen, sehr gut bekannt. Zwei französische Handelsreisende, einer aus Lyon, einer aus Paris. Beides achtbare ältere Leute. Ein junger Mann, James Elliot, mit seiner Frau. Übrigens ein Prachtweib. Er hat einen schlechten Ruf. Die Polizei verdächtigt ihn, in fragwürdige Transaktionen verwickelt zu sein. Hat aber nie etwas mit Kidnappern zu tun gehabt. Immerhin wurde sein Abteil durchsucht, aber es war nichts in seinem Handgepäck, woraus man schließen könnte, daß er in die Sache verwickelt war. Ich sehe auch nicht ein, wieso er es gewesen sein sollte. Die einzige andere Person war eine amerikanische Dame, eine Mrs. Snyder, die nach Paris fuhr. Über sie ist nichts bekannt. Sieht tadellos aus. Das sind alle.«
Hercule Poirot forschte weiter:
»Und es ist ganz sicher, daß der Zug nicht stehenblieb, nachdem er Amiens verlassen hatte?«
»Absolut. Er verlangsamte das Tempo, aber nicht genug, um ein Abspringen – ohne sich schwer zu verletzen – möglich zu machen.«
Hercule Poirot murmelte:
»Das ist ja das Interessante an dem Problem. Das Schulmädchen verschwindet plötzlich knapp außerhalb Amiens ins Nichts und taucht knapp außerhalb Amiens aus dem Nichts wieder auf. Wo war sie in der Zwischenzeit?«
Inspektor Hearn schüttelte den Kopf.
»So dargestellt klingt es vollkommen verrückt. Oh,

übrigens hat man mir gesagt, daß Sie irgend etwas wegen Schuhen gefragt haben. Sie hatte ihre Schuhe an, als sie aufgefunden wurde, aber es waren tatsächlich ein Paar Schuhe auf dem Geleise. Ein Weichensteller hat sie gefunden und mit sich nach Hause genommen, weil sie in gutem Zustand waren. Feste schwarze Laufschuhe.«
»Ah«, sagte Poirot. Er sah erfreut drein.
Inspektor Hearn fragte neugierig:
»Ich verstehe nicht, was Sie mit den Schuhen meinen, Sir. Bedeuten sie etwas?«
»Sie bestätigen eine Theorie«, erwiderte Hercule Poirot. »Eine Theorie, wie das Zauberkunststück gemacht wurde.«

Miss Popes Institut lag, wie viele ähnliche Internate, in Neuilly. Während Hercule Poirot an seiner ehrbaren Fassade emporblickte, wurde er plötzlich von einer Schar junger Mädchen umringt, die aus dem Tor strömten.
Er zählte ihrer fünfundzwanzig, alle gleich gekleidet in dunkelblaue Kostüme mit schlechtsitzenden britischen Hüten aus dunkelblauem Samt mit dunkelrotgoldenen Bändern, dem Abzeichen von Miss Popes Schule. Sie waren im Alter von vierzehn bis achtzehn, dick und dünn, blond und braun, graziös und plump. Als letzte kam mit einem der jüngeren Mädchen ein grauhaariges, nervös aussehendes Fräulein dahergetrippelt, von der Poirot annahm, daß es Miss Burshaw sei.
Poirot sah ihnen eine Weile nach, dann klingelte er und fragte nach Miss Pope.
Miss Lavinia Pope war ein ganz anderer Typ als ihre Stellvertreterin Miss Burshaw. Miss Pope war eine Persönlichkeit. Miss Pope war ehrfurchtgebietend.

Auch wenn sie sich herabließ, mit Eltern liebenswürdig zu sein, trug sie immer jene deutliche Überlegenheit zur Schau, die für eine Institutsvorsteherin ein so wichtiges Aktivum ist.
Ihr graues Haar war elegant frisiert, ihr Kostüm war streng geschnitten, aber schick. Sie war allgewaltig und allwissend.
Das Zimmer, in welchem sie Poirot empfing, war das Zimmer einer kultivierten Dame. Es war geschmackvoll möbliert, Blumen standen auf den Tischen sowie gerahmte und signierte Fotografien von Schülerinnen, die in der Welt eine Rolle spielten – viele trugen die Toiletten, in denen sie bei Hof vorgestellt wurden. An den Wänden hingen Reproduktionen von Meisterwerken der Malerei und einige gute Aquarelle. Der ganze Raum glänzte von Sauberkeit. Man spürte, daß kein Stäubchen es gewagt hätte, sich in einem solchen Heiligtum niederzulassen.
Miss Pope empfing Poirot mit der Sicherheit einer Frau, deren Urteil selten fehlgeht.
»Monsieur Hercule Poirot? Ich kenne Sie natürlich dem Namen nach. Ich vermute, Sie kommen wegen dieser unseligen Affäre mit Winnie King. Ein höchst unglücklicher Vorfall.«
Miss Pope sah aber keineswegs unglücklich aus. Sie nahm Mißgeschicke, wie man sie nehmen sollte, und behandelte sie kompetent, so daß sie ihre Bedeutung verloren.
»So etwas«, sagte Miss Pope, »ist noch nie vorgekommen.«
»Und wird nie wieder vorkommen!« schien ihre Haltung anzudeuten.
Hercule Poirot fragte:
»Es wäre Winnie Kings erstes Semester hier gewesen, nicht wahr?«

»Ja.«
»Hatten Sie eine vorhergehende Besprechung mit Winnie – und ihren Eltern?«
»Nicht neuerdings. Vor zwei Jahren war ich in der Nähe von Grantchester – ich war zu Gast beim Bischof –«
Miss Popes Miene schien zu sagen:
»Achtung, bitte! Ich gehöre zu den Leuten, die mit Bischöfen verkehren!«
»Und während ich dort war, lernte ich den Kanonikus und Mrs. King kennen. Mrs. King, die Arme, ist leidend. Ich traf auch Winnie. Ein sehr wohlerzogenes Mädchen, mit einem ausgesprochenen Kunstsinn. Ich sagte Mrs. King, daß ich Winnie nach ihrer Schulzeit in ein bis zwei Jahren mit Freuden aufnehmen würde. Wir spezialisieren uns hier auf Kunst und Musik, Monsieur Poirot. Die jungen Mädchen werden in die Oper, in die Comédie Française geführt, sie hören Vorträge im Louvre. Die besten Lehrkräfte kommen hierher, um sie in Musik, Gesang und Malerei zu unterrichten. Unser Ziel ist beste Allgemeinbildung.«
Miss Pope erinnerte sich plötzlich, daß Poirot kein Elternteil war und fügte unvermittelt hinzu:
»Womit kann ich Ihnen dienen, Monsieur Poirot?«
»Ich möchte gerne wissen, wie die Angelegenheit mit Winnie momentan steht.«
»Kanonikus King ist nach Amiens gekommen und nimmt Winnie wieder nach Hause zurück. Es ist das Klügste, was er tun kann, nach dem Schock, den das Kind erlitten hat.«
Sie fuhr fort:
»Wir nehmen hier keine schwächlichen Mädchen auf. Wir sind nicht dafür eingerichtet. Ich habe dem Kanonikus geraten, das Kind nach Hause zu nehmen.«
Hercule Poirot fragte rundweg:

»Was ist Ihrer Meinung nach tatsächlich geschehen, Miss Pope?«
»Ich habe nicht die leiseste Ahnung, Monsieur Poirot. Die ganze Sache, wie sie mir berichtet wurde, klingt völlig unglaubhaft. Ich bin nicht der Ansicht, daß das Mitglied meines Lehrkörpers, unter dessen Aufsicht die Mädchen waren, in irgendeiner Weise zu tadeln ist – außer, daß sie die Abwesenheit der Kleinen früher hätte bemerken können.«
Poirot forschte weiter:
»Hat jemand von der Polizei Sie aufgesucht?«
Ein leichter Schauer ging durch Miss Popes aristokratische Gestalt. Sie sagte eisig:
»Ein Monsieur Lafarge von der Präfektur suchte mich auf, um zu sehen, ob ich irgendein Licht in die Sache bringen könnte. Das konnte ich natürlich nicht. Dann wollte er Winnies Koffer inspizieren, der natürlich mit dem Gepäck der anderen Mädchen hier angekommen war. Ich sagte ihm, daß er schon von einem anderen Polizeibeamten abgeholt worden sei. Ich vermute, daß die Abteilungen ineinander übergreifen. Ich bekam kurz darauf einen Telefonanruf mit der Anschuldigung, ich hätte nicht sämtliche Effekten von Winnie übergeben. Darauf habe ich äußerst kurz geantwortet. Man darf sich von den Behörden nicht einschüchtern lassen.«
Poirot atmete tief auf.
»Sie sind sehr temperamentvoll, Mademoiselle, und ich bewundere Sie. Ich vermute, daß Winnies Gepäck bei der Ankunft ausgepackt worden war?«
Miss Pope blickte ein wenig verdutzt drein.
»Das ist bei uns die Regel«, erklärte sie. »Bei uns geht alles streng nach Regeln. Die Koffer der Mädchen werden bei der Ankunft ausgepackt und ihre Sachen so eingeräumt, wie ich es wünsche. Winnies Sachen

wurden mit denen der anderen Mädchen ausgepackt. Natürlich wurden sie nachher wieder eingepackt, so daß ihr Koffer genau so übergeben wurde, wie er angekommen war.«

»*Genau so?*« wiederholte Poirot.

Er ging zur Wand hinüber.

»Das ist doch ein Bild der berühmten Grantchester Bridge mit der Kathedrale im Hintergrund?«

»Ganz richtig, Monsieur Poirot. Winnie hat es offenbar gemalt, um es mir als Überraschung mitzubringen. Es war in Papier eingewickelt in ihrem Koffer mit der Aufschrift ›*Für Miss Pope von Winnie*‹. Sehr lieb von der Kleinen.«

»Ah!« sagte Poirot. »Und was halten Sie davon – als Malerei?«

Er selbst hatte schon viele Bilder der Grantchester Bridge gesehen. Es war ein Sujet, das alljährlich in der Akademie figurierte; manchmal als Ölgemälde, manchmal als Aquarell. Er hatte es gut, mittelmäßig, uninteressant gemalt gesehen. Aber er hatte es noch nie so ganz stümperhaft hingekleckst gesehen wie in diesem Fall.

Miss Pope lächelte nachsichtig.

»Man darf die jungen Mädchen nicht entmutigen, Monsieur Poirot. Winne würde hier natürlich angehalten werden, Besseres zu leisten.«

Poirot sagte nachdenklich:

»Es wäre für sie doch naheliegender gewesen, es in Aquarell zu malen, nicht wahr?«

»Ja, ich wußte nicht, daß sie angefangen hat, in Öl zu malen.«

»Ah«, murmelte Hercule Poirot. »Sie gestatten, Mademoiselle?«

Er nahm das Bild von der Wand, trug es zum Fenster und prüfte es. Dann blickte er auf.

»Ich bitte Sie, Mademoiselle, mir dieses Bild zu geben.«
»Wirklich, Monsieur Poirot –«
»Sie können nicht behaupten, sehr daran zu hängen. Es ist miserabel gemalt.«
»Oh, es hat keinen künstlerischen Wert, das gebe ich zu, aber es ist das Werk einer Schülerin und –«
»Ich versichere Ihnen, Mademoiselle, daß es ein sehr ungeeignetes Bild ist, um hier in Ihrem Salon zu hängen.«
»Ich verstehe nicht, wie Sie das sagen können, Monsieur Poirot.«
»Ich werde es Ihnen sofort beweisen.« Er zog ein Fläschchen, einen Schwamm und einen Lappen aus der Tasche.
»Erst werde ich Ihnen eine Geschichte erzählen, Mademoiselle. Sie erinnert an die Geschichte von dem häßlichen Entlein, aus dem ein Schwan wurde.«
Er arbeitete eifrig, während er sprach. Terpentingeruch erfüllte den Raum.
»Sie gehen wohl nicht oft in Revuen?«
»Nein, wirklich nicht. Ich finde sie so trivial...«
»Trivial gewiß, aber zuweilen lehrreich. Ich habe neulich in einer Revue eine glänzende Verwandlungskünstlerin gesehen. Zuerst erscheint sie als Kabarettstar, bezaubernd, voller Sex-Appeal, zehn Minuten darauf ist sie ein schwächliches, unterentwickeltes Kind in einem Turnanzug mit Polypen in der Nase, wieder zehn Minuten später ist sie eine alte, zerlumpte Zigeunerin, die am Straßenrand wahrsagt.«
»Möglich, aber ich sehe nicht –«
»Aber ich zeige Ihnen doch, wie das Zauberkunststück im Zug gemacht wurde. Winnie, das Schulmädchen mit den blonden Zöpfen und ihrer entstellenden Zahnspange geht in die Toilette. Sie kommt eine Vier-

telstunde später als – ›Prachtweib‹ – heraus, um Detektivinspektor Hearn zu zitieren. Hauchzarte Seidenstrümpfe, Schuhe mit hohen Absätzen, ein Nerzmantel, um die Pensionskleidung zu verdecken, ein Eckchen Samt, Hut genannt, auf ihren Locken – und ein Gesicht – o ja, ein neues Gesicht. Rouge, Puder, Lippenstift, Mascara! Wie sieht das Gesicht jener Verwandlungskünstlerin in Wirklichkeit aus? Das weiß vermutlich nur der liebe Gott! Aber Sie selbst, Mademoiselle, haben gewiß oft genug gesehen, wie sich ein linkisches Schulmädchen wie durch ein Wunder in eine reizende Debütantin verwandelt.«
Miss Pope keuchte:
»Wollen Sie sagen, daß Winnie selbst sich verkleidete, als –«
»Nicht Winnie King – nein. Winnie wurde auf dem *Weg durch London* entführt. Unsere Verwandlungskünstlerin nahm ihren Platz ein. Miss Burshaw hatte Winnie King nie gesehen – wie sollte sie wissen, daß das Schulmädchen mit den Zöpfen und der Zahnspange nicht Winnie King war? Soweit wäre die Sache geglückt, aber die Betrügerin konnte es nicht wagen, tatsächlich hier anzukommen, da Sie ja die wirkliche Winnie kannten. So verschwindet Winnie in die Toilette und kommt – eins zwei drei – als Frau eines gewissen Jim Elliot wieder heraus, in dessen Paß eine Ehefrau eingetragen ist! Die blonden Zöpfe, die Zahnspange, die Zwirnstrümpfe, die Brille – all das nimmt nicht viel Platz ein. Aber die schweren, plumpen Schuhe und der Hut – dieser unförmige britische Hut – mußten verschwinden; sie fliegen aus dem Fenster. Später wird die wirkliche Winnie über den Kanal gebracht – niemand sucht nach einem kranken, halbbetäubten Kind, das von England nach Frankreich gebracht wird – und wird einfach von einem Auto neben

der Hauptstrecke abgesetzt. Wenn sie die ganze Zeit Skopolamin bekommen hat, wird sie sich kaum erinnern, was vorgefallen ist.«
Miss Pope starrte Poirot entgeistert an.
»Aber warum? Was war der Grund dieser sinnlosen Maskerade?«
Poirot sagte ernst:
»Winnies Gepäck! Diese Leute wollten etwas von England nach Frankreich schmuggeln – etwas, wonach jeder Zollbeamte fahndete – gestohlenes Gut. Aber welcher Ort ist sicherer als der Koffer eines Schulmädchens? Sie sind sehr bekannt, Miss Pope. Ihr Pensionat ist mit Recht berühmt. Auf der Gare du Nord läßt man die Koffer der *Mesdemoiselles les petites Pensionnaires* ungeöffnet passieren. Es ist Miss Popes wohlbekannte, englische Schule! Und dann, nach der Entführung, was ist natürlicher, als daß man das Gepäck des Mädchens abholen läßt – angeblich von der Polizei.
Hercule Poirot lächelte.
»Aber zum Glück forderte die Schulordnung, daß die Koffer bei der Ankunft ausgepackt werden – mit einem Geschenk für Sie von Winnie –, *aber nicht dem gleichen Geschenk, das Winnie in Grantchester eingepackt hatte.*«
Er kam auf sie zu.
»Sie haben mir dieses Bild gegeben. Sehen Sie es jetzt an, und geben Sie zu, daß es für Ihre exklusive Schule ungeeignet ist.«
Er hielt ihr die Leinwand hin.
Wie durch einen Zauber war die Grantchester Bridge verschwunden, und an ihrer Stelle sah man eine Szene aus der Antike in reichen, wundervollen Farben.
Poirot sagte sanft:
»*Der Gürtel der Hippolyta*. Hippolyta gibt ihren Gürtel

Herkules – von Rubens gemalt. Ein großes Kunstwerk – *mais tout de même* nicht ganz passend für Ihren Salon.«
Miss Pope errötete leicht.
Hippolytas Hand lag auf ihrem Gürtel – sie hatte sonst nichts an ... Herkules hatte ein Löwenfell leicht über die Schultern geworfen. Die Rubensschen Fleischtöne sind üppig und wollüstig ...
Miss Pope hatte ihre Haltung wiedergewonnen.
»Ein großes Kunstwerk ... Aber – wie Sie sagen – man muß schließlich auf die Eltern Rücksicht nehmen. Manche sind eher engstirnig ... wenn Sie mich verstehen ...«

Der Angriff erfolgte gerade, als Poirot das Haus verließ. Er wurde von einer Schar Mädchen, dick und dünn, blond und braun, umringt, eingekreist, überwältigt.
»*Mon Dieu*«, flüsterte er. »Das ist tatsächlich der Angriff der Amazonen.«
Ein großes blondes Mädchen rief:
»Es hat sich ein Gerücht verbreitet –«
Sie drängten näher heran. Poirot war umzingelt und verschwand in einer Woge junger, kräftiger Weiblichkeit.
Fünfundzwanzig Stimmen erhoben sich in verschiedenen Tonarten, aber alle äußerten die gleichen, denkwürdigen Worte:
»Monsieur Poirot, Sie müssen sich in mein Autogrammbuch einschreiben ...«

Geryons Herde

»Entschuldigen Sie vielmals, daß ich so eindringe, Monsieur Poirot.«
Miss Carnaby umklammerte fieberhaft ihre Handtasche und blickte Poirot ängstlich ins Gesicht. Wie gewöhnlich war sie ganz außer Atem.
Hercule Poirot zwinkerte mit den Augen.
»Ich erinnere mich an Sie als eine der erfolgreichsten Verbrecherinnen, die mir je begegnet sind!«
»Oh, du meine Güte, Monsieur Poirot, müssen Sie wirklich solche Dinge sagen? Sie waren so gut zu mir. Emily und ich sprechen oft von Ihnen, und wenn wir etwas über Sie in den Zeitungen lesen, schneiden wir es sofort heraus und kleben es in ein Album. Und Augustus haben wir ein neues Kunststück gelehrt. Wir sagen: Mach toten Hund für Sherlock Holmes, mach toten Hund für Mr. Fortune, mach toten Hund für Sir Henry Merrivale und dann: mach toten Hund für Hercule Poirot, und er fällt um wie ein Klotz – und liegt da, ohne sich zu rühren, bis wir den Befehl geben!«
»Ich fühle mich sehr geschmeichelt«, sagte Poirot. »Und wie geht es *ce cher Auguste*?«
Miss Carnaby krampfte die Hände zusammen und schwärmte von ihrem Pekinesen.
»Oh, Monsieur Poirot, er ist klüger denn je. Er weiß alles. Denken Sie, neulich bewundere ich ein Baby in einem Kinderwagen, und plötzlich spüre ich ein Zerren, und was sehe ich: Augustus, der mit aller Gewalt versucht, seine Leine durchzubeißen. War das nicht klug?«
Poirot zwinkerte wieder heftig mit den Augen.
»Es hat den Anschein, als würde Augustus diese verbrecherischen Neigungen, von denen wir eben sprachen, teilen!«

Miss Carnaby lachte nicht. Ihr rundliches Gesicht wurde ganz bekümmert.
»Oh, Monsieur Poirot, ich mache mir solche Sorgen«, hauchte sie mit erstickter Stimme.
Poirot fragte gütig: »Was gibt es?«
»Wissen Sie, Monsieur Poirot, ich fürchte – ich fürchte wirklich –, daß ich eine eingefleischte Verbrecherin sein muß, wenn Sie mir diesen Ausdruck gestatten. Ich habe fortwährend Ideen.«
»Was für Ideen?«
»Die ausgefallensten! Gestern zum Beispiel ging mir ein wirklich ausführbarer Plan durch den Kopf, um ein Postamt auszurauben. Ich dachte gar nicht daran – es schoß mir einfach durch den Kopf. Und ein anderer sehr raffinierter Plan, um den Zoll zu umgehen ... Ich bin überzeugt – felsenfest überzeugt –, daß er durchführbar wäre –«
»Wahrscheinlich«, meinte Poirot trocken. »Das ist das gefährliche an Ihren Ideen.«
»Es hat mich sehr beunruhigt, Monsieur Poirot. Mit so strengen Grundsätzen erzogen wie ich, ist es höchst beunruhigend, daß mir so verbrecherische – so wirklich schlechte – Gedanken kommen. Es liegt, glaube ich, zum Teil daran, daß ich jetzt so viel freie Zeit habe. Ich habe meine Stellung bei Lady Hoggin aufgegeben und bin bei einer alten Dame, um ihr vorzulesen und ihre Korrespondenz zu erledigen. Die Briefe sind bald geschrieben, und kaum beginne ich ihr vorzulesen, schläft sie ein, und ich sitze müßig da – und bekanntlich ist Müßiggang aller Laster Anfang.«
»Papperlapapp«, sagte Poirot.
»Ich habe jüngst ein Buch gelesen – ein sehr modernes Buch, aus dem Deutschen übersetzt. Es behandelt die Frage der verbrecherischen Neigungen auf höchst

interessante Weise. Man muß, wenn ich die Sache recht verstehe, seine Impulse sublimieren! Das ist der eigentliche Grund, der mich zu Ihnen führt.«
»Ja?« ermunterte sie Poirot.
»Sehen Sie, Monsieur Poirot, ich glaube, es ist im Grunde nicht so sehr Schlechtigkeit als der Hang nach Sensationen! Mein Leben war leider immer sehr eintönig. Ich glaube zuweilen, daß die – hm – Unternehmung mit den Pekinesen die einzige Zeit meines Lebens war, in der ich wirklich gelebt habe. Gewiß sehr tadelnswert, aber wie es in meinem Buch heißt, muß man der Wahrheit ins Gesicht sehen. Ich komme zu Ihnen, Monsieur Poirot, weil ich gehofft habe, daß es vielleicht möglich wäre, diesen Drang nach Sensationen zu sublimieren, indem man ihn, wenn ich so sagen darf, für die gute Sache verwendet.«
»Aha«, murmelte Poirot. »Sie stellen sich somit als Kollegin vor?«
Miss Carnaby errötete.
»Ich weiß, daß es sehr anmaßend von mir ist. Aber Sie waren so gütig –«
Sie hielt inne. Ihre welken blauen Augen hatten etwas vom bittenden Blick eines Hundes, der gegen jede Wahrscheinlichkeit hofft, daß man mit ihm spazierengehen wird.
»Es ist keine schlechte Idee«, meinte Poirot bedächtig.
»Ich bin natürlich keineswegs klug«, erklärte Miss Carnaby, »aber ich kann mich gut verstellen. Das ist in meinem Beruf eine Notwendigkeit, sonst wird man als Gesellschafterin augenblicklich entlassen. Und ich habe immer gefunden, sich noch dümmer zu stellen, als man ohnehin ist, zeitigt gelegentlich gute Resultate.«
Hercule Poirot lachte. »Mademoiselle, Sie begeistern mich.«

»O du liebe Zeit, was für ein guter Mensch Sie sind, Monsieur Poirot! Also darf ich hoffen. Es ergibt sich, daß ich eben eine kleine Erbschaft gemacht habe – eine sehr kleine, aber sie ermöglicht es meiner Schwester und mir, bescheiden zu leben, so daß ich nicht unbedingt auf meinen Verdienst angewiesen bin.«
»Ich muß überlegen«, murmelte Poirot, »wo man Ihre Talente am besten einsetzen könnte. Sie haben selbst keine Idee?«
»Ich glaube wirklich, Monsieur Poirot, daß Sie ein Gedankenleser sind. Ich war tatsächlich in letzter Zeit wegen einer Freundin sehr besorgt. Natürlich können Sie sagen, daß es die Hirngespinste einer alten Jungfer sind – pure Einbildung. Man ist vielleicht geneigt zu übertreiben und eine Absicht zu sehen, wo nur der Zufall am Werk ist.«
»Ich glaube nicht, daß Sie zu Übertreibungen neigen, Miss Carnaby. Sagen Sie mir, was Sie bedrückt.«
»Also, ich habe eine Freundin, eine sehr teure, liebe Freundin, obwohl ich sie in den letzten Jahren nicht viel gesehen habe. Sie heißt Emmeline Clegg. Sie heiratete einen Industriellen aus dem Norden Englands. Er starb vor ein paar Jahren und hat sie in sehr guten Verhältnissen zurückgelassen. Sie war nach seinem Tode sehr unglücklich und einsam, und ich fürchte, sie ist in gewisser Beziehung nicht klug und vielleicht auch leichtgläubig. Die Religion, Monsieur Poirot, kann eine große Hilfe sein – aber damit meine ich den rechtmäßigen orthodoxen Glauben.«
»Sie meinen die griechische Kirche?« warf Poirot ein.
Miss Carnaby machte ein entsetztes Gesicht.
»O nein, keineswegs; ich meine die anglikanische Kirche. Und obwohl ich die römisch-katholische Kirche nicht billige, so ist sie doch wenigstens anerkannt. Und die Wesleyaner und Kongregationalisten sind alles

wohlbekannte Körperschaften. Ich spreche von diesen sonderbaren Sekten, die jetzt überall aus dem Boden schießen. Sie wirken auf das Gemüt, aber ich bezweifle sehr, daß ein wahres religiöses Gefühl in ihnen steckt.«
»Und Sie glauben, daß Ihre Freundin das Opfer einer derartigen Sekte ist?«
»Ja, ja! Ganz bestimmt. Sie nennen sich ›Herde des Hirten‹. Sie haben ihr Hauptquartier in Devonshire – auf einem wunderbaren Landsitz am Meer. Die Anhänger gehen zur sogenannten Einkehr hin. Das ist ein Zeitraum von vierzehn Tagen – mit Gottesdiensten und Riten. Und es gibt drei große Feste im Jahr: das Blühen der Weide, das Reifen der Weide, das Ernten der Weide.«
»Das letztere ist ein Unsinn«, fügte Poirot hinzu, »weil niemand Weideland erntet.«
»Die ganze Geschichte ist ein Unsinn«, bestätigte Miss Carnaby hitzig. »Die ganze Sekte dreht sich um das Haupt der Bewegung, den ›Großen Hirten‹, wie er genannt wird. Ein Dr. Anderson. Ein schöner Mensch, glaube ich, mit einem gewissen Auftreten.«
»Das auf Frauen wirkt, nicht wahr?«
»Ich fürchte, ja.« Miss Carnaby seufzte. »Mein Vater war ein sehr schöner Mensch. Es war in der Pfarrgemeinde manchmal äußerst peinlich. Die Rivalität beim Sticken der Meßgewänder – und bei der Einteilung der Wohltätigkeitsveranstaltungen ...«
Sie schüttelte in Erinnerung daran den Kopf.
»Sind die Mitglieder der Großen Herde zumeist Frauen?«
»Ich glaube mindestens drei Viertel von ihnen. Die wenigen Männer sind zumeist Halbnarren! Der Erfolg der Sekte hängt von den Frauen ab – und von den Geldern, die sie spenden.«
»Ah«, sagte Poirot, »jetzt kommen wir zum Kern der

Sache. Offen gesagt halten Sie das Ganze für einen Schwindel?«
»Offen gesagt, ja, Monsieur Poirot. Und noch etwas macht mir Sorge. Ich weiß zufällig, daß meine unglückliche Freundin in dieser Religion so aufgeht, daß sie jüngst ein Testament gemacht hat, in welchem sie ihr ganzes Vermögen der Sekte hinterläßt.«
»Wurde ihr das – suggeriert?« warf Poirot rasch ein.
»Wenn ich gerecht sein will, nein. Es war ganz und gar ihre eigene Idee. Der Große Hirte hatte ihr einen Weg gewiesen – und so sollte alles, was sie besaß, nach ihrem Tod der großen Sache gehören. Was mich wirklich beunruhigt, ist –«
»Ja – fahren Sie fort –«
»Unter den Gläubigen waren mehrere sehr reiche Frauen. Im letzten Jahr sind nicht weniger als drei von ihnen gestorben.«
»Und haben ihr ganzes Vermögen der Sekte hinterlassen?«
»Ja.«
»Haben die Verwandten nicht protestiert? Ich hätte gedacht, daß so etwas zu Prozessen führen müßte?«
»Sehen Sie, Monsieur Poirot, dieser Sekte gehören gewöhnlich einsame Frauen an, die keine nahen Verwandten oder Freunde haben. Natürlich habe ich kein Recht, irgendeinen Verdacht auszusprechen. Nach dem, was ich in Erfahrung bringen konnte, war an diesen Todesfällen nichts Unrechtes. In einem Fall war es eine Lungenentzündung nach einer Influenza, im anderen Fall waren es Magengeschwüre. Es lagen absolut keine Verdachtsmomente vor, wenn Sie wissen, was ich meine, und der Tod erfolgte in ihren eigenen Heimen. Ich zweifle nicht, daß alles vollkommen in Ordnung ist, aber trotzdem – nun –, ich möchte nicht, daß Emmeline etwas zustößt.«

Sie preßte die Hände zusammen und blickte Poirot flehend an.
Poirot schwieg einige Minuten. Als er sprach, hatte seine Stimme einen anderen Klang. Sie war ernst und eindringlich.
»Wollen Sie mir die Adressen jener Mitglieder der Sekte, die jüngst gestorben sind, verschaffen?« bat er.
»Gewiß, Monsieur Poirot.«
»Mademoiselle«, fuhr er langsam und eindringlich fort, »ich halte Sie für eine Frau von großem Mut und großer Entschlußkraft. Sie haben sehr gute schauspielerische Fähigkeiten. Wären Sie bereit, für mich eine Aufgabe zu übernehmen, die eventuell mit einer beträchtlichen Gefahr verbunden ist?«
»Nichts lieber als das«, erwiderte Miss Carnaby.
Poirot sagte warnend:
»Wenn überhaupt eine Gefahr besteht, dann ist es eine sehr ernste. Verstehen Sie – entweder es ist eine Seeschlange, oder es gilt ernst. Um das herauszufinden, werden Sie selbst ein Mitglied der Großen Herde werden müssen. Ich rate Ihnen, die Höhe der Erbschaft, die Sie jüngst gemacht haben, zu übertreiben. Sie sind jetzt eine wohlhabende Frau ohne rechten Lebenszweck. Diskutieren Sie mit Ihrer Freundin über diesen neuen Glauben – erklären Sie ihr, daß es lauter Unsinn ist. Sie wird Sie bekehren wollen. Lassen Sie sich überreden, nach Green Hills Sanctuary zu kommen. Und dort erliegen Sie dann Dr. Andersons Überredungskunst und magnetischem Einfluß. Ich glaube, ich kann Ihnen diese Rolle getrost anvertrauen.«
Miss Carnaby lächelte bescheiden und flüsterte:
»Ich glaube, ich werde es zustande bringen.«

»Nun, lieber Freund, was haben Sie für mich?«
Oberinspektor Japp sah den kleinen Mann, der die

Frage gestellt hatte, nachdenklich an. Er meinte bedauernd:
»Nichts, was ich gerne haben möchte, Poirot. Ich hasse diese langhaarigen Sektierer wie die Pest. Machen den Frauen lauter Hokuspokus vor. Aber der Kerl ist vorsichtig, nicht zu packen. Alles klingt ein bißchen närrisch, aber harmlos.«
»Haben Sie etwas über diesen Dr. Anderson erfahren?«
»Ich habe mich über seine Vergangenheit informiert. Er war ein vielversprechender Chemiker und wurde aus irgendeiner deutschen Universität hinausgeworfen. Es scheint, daß seine Mutter Jüdin war. Er hat sich immer sehr für orientalische Mythen und Religionen interessiert, seine ganze freie Zeit damit verbracht und zahlreiche Artikel über das Thema geschrieben – manche dieser Artikel kommen mir ziemlich verrückt vor.«
»Es ist also möglich, daß er ein echter Fanatiker ist?«
»Ich muß sagen, daß es ganz gut möglich ist.«
»Was ist mit diesen Adressen, die ich Ihnen gegeben habe?«
»Die Nachforschungen sind erfolglos verlaufen. Miss Everett ist an eiteriger Kolitis gestorben. Der dortige Arzt ist fest überzeugt, daß kein Hokuspokus dabei war. Mrs. Lloyd ist an Bronchopneumonie gestorben. Lady Western starb an Tuberkulose. Sie hatte schon vor vielen Jahren daran gelitten, noch ehe sie diese Sekte überhaupt kennenlernte. Miss Lee starb an Typhus – angeblich hatte sie sich die Krankheit durch einen Salat zugezogen, den sie in Nordengland gegessen hatte. Drei von ihnen erkrankten und starben in ihrem eigenen Heim. Mrs. Lloyd starb in einem Hotel in Südfrankreich. Was diese Todesfälle betrifft, so läßt sich zwischen ihnen und Dr. Ander-

sons Landsitz in Devonshire oder der Großen Herde keinerlei Zusammenhang erkennen. Es muß reiner Zufall sein. Alles ist vollkommen korrekt.«
Hercule Poirot seufzte.
»Und trotzdem, *mon cher*, habe ich das Gefühl, daß dies die zehnte Arbeit des Herkules ist und daß dieser Dr. Anderson dem Riesen Geryon gleichkommt, den zu vernichten meine Aufgabe ist.«
Japp blickte ihn besorgt an.
»Hören Sie, Poirot, Sie haben nicht vielleicht selbst in letzter Zeit irgendwelche sonderbaren Bücher gelesen?«
Poirot protestierte mit Würde:
»Meine Bemerkungen sind immer vernünftig und sachlich.«
»Sie können selbst eine neue Religion gründen«, meinte Japp, »mit dem Credo: ›Niemand ist so klug wie Hercule Poirot, Amen!‹«

»Der Friede ist es, den ich hier so wundervoll finde«, seufzte Miss Carnaby schwärmerisch und atmete tief durch.
»Ich habe es dir gesagt, Amy«, sagte Emmeline Clegg. Die beiden Freundinnen saßen auf einem Hügel mit Ausblick auf das tiefe, wunderbar blaue Meer. Das Gras war von lebhaftem Grün, die Erde und die Klippen von tiefem, leuchtendem Rot. Der kleine Landsitz, jetzt als Green Hills Sanctuary bekannt, stand auf einem Vorgebirge im Meer. Nur eine schmale Landzunge verband ihn mit dem Festland, so daß er fast eine Insel war.
Mrs. Clegg murmelte gefühlvoll:
»Die rote Erde – das Land des Leuchtens und der Verheißung, wo das dreifache Schicksal sich erfüllen soll.«

Miss Carnaby seufzte tief auf.

»Ich finde, der Große Hirte hat es gestern abend beim Gottesdienst so wundervoll ausgedrückt.«

»Warte auf die Feier heute abend«, sagte die Freundin, »die ›Vollerblühte Weide‹.«

»Ich brenne darauf«, versicherte Miss Carnaby.

»Du wirst sehen, welch wunderbares seelisches Erlebnis es ist«, bestätigte ihre Freundin.

Miss Carnaby war seit einer Woche in Green Hills Sanctuary. Ihre Haltung bei ihrer Ankunft war so gewesen, wie es ihr Poirot vorgeschlagen hatte. »Also, was soll dieser Unsinn?« hatte sie gesagt. »Wirklich, Emmeline, eine vernünftige Frau wie du – sollte – usw ... usw ...«

Bei einer ersten Unterredung mit Dr. Anderson hatte sie ihren Standpunkt gewissenhaft präzisiert.

»Ich möchte nicht das Gefühl haben, unter falschen Voraussetzungen hier zu sein, Dr. Anderson. Mein Vater war Pastor der anglikanischen Kirche, und ich bin in meinem Glauben nie wankend geworden. Ich halte nichts von heidnischen Lehren.«

Der große goldblonde Mann hatte sie angelächelt mit einem sehr einnehmenden, verständnisvollen Lächeln. Er hatte nachsichtig auf die rundliche, etwas kriegerische Gestalt geblickt, die so aufrecht in ihrem Stuhl saß.

»Liebe Miss Carnaby«, erwiderte er. »Sie sind Mrs. Cleggs Freundin und als solche willkommen. Und glauben Sie mir, unsere Lehren sind nicht heidnisch. Hier sind alle Religionen willkommen und alle gleich geachtet.«

»Dann sollten sie es eben nicht sein«, widersprach die standhafte Tochter des verstorbenen Reverend Thomas Carnaby.

Der Meister lehnte sich in seinem Stuhl zurück und

sagte mit seiner volltönenden Stimme: »*In meines Vaters Haus sind viele Wohnungen*... Bedenken Sie das, Miss Carnaby.«
Als sie den hohen Herrn verließen, flüsterte Miss Carnaby ihrer Freundin zu: »Er ist wirklich ein sehr schöner Mann.«
»Ja«, seufzte Emmeline Clegg, »und so durchgeistigt.«
Miss Carnaby stimmte zu. Es war wahr – sie hatte es gefühlt: eine Aura der Weltabgewandtheit, der Durchgeistigung.
Sie gab sich einen Ruck. Sie war nicht hier, um auch ein Opfer der geistigen und anderen Reize des Großen Hirten zu werden. Sie beschwor das Bild Hercule Poirots herauf. Er erschien ihr weit fort und sonderbar weltlich...
»Amy«, ermahnte Miss Carnaby sich selbst, »nimm dich zusammen. Bedenke, warum du hier bist...«
Aber im Verlauf der Tage gab sie sich nur allzu gerne dem Zauber von Green Hills hin. Der Friede, die Einfachheit, die köstliche, wenn auch einfache Nahrung, die Schönheit des Gottesdienstes mit seinen Gesängen von Liebe und Ehrfurcht, die schlichten, rührenden Worte des Meisters, die an das Beste und Höchste im Menschen appellierten – hier war der ganze Kampf, die ganze Häßlichkeit der Welt ausgeschaltet. Hier war nur Frieden und Liebe...
Und heute abend war das große Fest, das Fest der ›Vollerblühten Weide‹. Und bei diesem Anlaß sollte sie, Amy, eingeweiht – ein Glied der Großen Herde werden.
Das Fest fand in dem glänzenden weißen Betonbau statt, den die Eingeweihten den Geheiligten Pferch nannten. Hier versammelten sich die Gläubigen kurz vor Sonnenuntergang. Sie trugen Mäntel aus Schafsfell und Sandalen. Ihre Arme waren bloß. In der Mitte

des Pferchs, auf einer Estrade, stand Dr. Anderson. Der große, goldblonde, blauäugige Mann mit dem schönen Bart und dem edlen Profil hatte nie bezwingender ausgesehen. Er war in ein grünes Gewand gehüllt und trug einen goldenen Hirtenstab in der Hand.
Er erhob ihn — Totenstille legte sich auf die Versammlung.
»Wo sind meine Schafe?«
Die Menge antwortete:
»*Wir sind hier, Hirte.*«
»Hoch die Herzen vor Freude und Dank. Das ist das Fest der Freude.«
»*Das Fest der Freude, und wir sind voller Freude.*«
»Ihr sollt weder Leid noch Schmerzen mehr erdulden. Alles ist Freude.«
»*Alles ist Freude.*«
»Wieviel Häupter hat der Hirte?«
»*Drei Häupter, eines aus Gold, eines aus Silber, eines aus klingender Bronze.*«
»Wieviel Leiber haben die Schafe?«
»*Drei Leiber, einen aus Fleisch, einen aus Verderbnis, einen aus Licht.*«
»Wie wird eure Aufnahme in die Große Herde besiegelt?«
»*Durch das Sakrament des Blutes.*«
»Seid ihr für dieses Sakrament vorbereitet?«
»*Wir sind es.*«
»Verbindet eure Augen und streckt den rechten Arm vor.«
Die Menge verband gehorsam die Augen, mit für diesen Zweck eigens vorbereiteten grünen Schleiern. Miss Carnaby streckte wie die anderen den rechten Arm vor.
Der Große Hirte schritt die Reihen seiner Herde ab.

Man hörte kleine Schreie, Stöhnen des Schmerzes oder der Verzückung.
Miss Carnaby murmelte grimmig zu sich selbst:
»Die reinste Blasphemie! Diese Art religiöser Hysterie ist äußerst beklagenswert. Ich werde vollkommen unbeteiligt bleiben und die Reaktionen der anderen beobachten. Ich werde mich nicht mitreißen lassen – ich werde nicht...«
Der Große Hirte war zu ihr gekommen. Sie fühlte, wie er ihren Arm nahm und festhielt und fühlte einen stechenden Schmerz wie von einer Nadel. Des Hirten Stimme flüsterte:
»Das Sakrament des Blutes, das Freude bringt...«
Er ging weiter.
Kurz darauf ertönte ein Befehl:
»Nehmt die Schleier ab und genießt die Freuden der Seele!«
Die Sonne ging gerade unter. Miss Carnaby blickte sich um. Inmitten der anderen verließ sie langsam den Pferch. Plötzlich fühlte sie sich gelöst, glücklich. Sie ließ sich auf eine weiche Rasenböschung nieder. Warum hatte sie sich für eine einsame, ungeliebte, alternde Frau gehalten? Das Leben war wundervoll – sie selbst war wundervoll! Sie hatte die Herrschaft über ihre Gedanken – und ihre Träume. Es gab nichts, das sie nicht vollbringen konnte!
Eine Glückswelle durchströmte sie. Sie beobachtete die anderen Gläubigen um sich herum – sie erschienen ihr plötzlich riesengroß. Wie wandelnde Bäume, gestand sich Miss Carnaby ehrfürchtig. Sie hob die Hand. Es war eine sinnvolle Geste – mit ihr konnte sie der Welt gebieten. Cäsar, Alexander, Napoleon – armselige kleine Kerle! Ihre Macht war nichts, verglichen mit dem, was sie, Amy Carnaby, vollbringen konnte! Morgen würde sie Weltfrieden und allgemeine Ver-

brüderung anordnen. Es sollte keine Kriege mehr geben – keine Armut – keine Krankheiten. Sie, Amy Carnaby, würde eine neue Welt erschaffen.
Aber ohne Hast. Die Zeit war unendlich ...
Minute folgte auf Minute, Stunde auf Stunde. Miss Carnabys Glieder waren schwer, aber ihre Seele war wunderbar leicht. Sie konnte, wenn sie wollte, das ganze Weltall durchstreifen. Sie schlief – aber sogar im Schlaf träumte sie von unendlichen Weiten – von großen Räumen ... von einer neuen, wunderbaren Welt ...
Nach und nach schrumpfte die Welt zusammen. Miss Carnaby gähnte. Sie streckte ihre steifen Glieder. Was war seit gestern geschehen? Vorige Nacht hatte sie geträumt ...
Der Mond schien. Bei seinem Licht konnte sie gerade die Zeiger ihrer Uhr unterscheiden. Zu ihrer Verblüffung zeigten sie auf ein Viertel vor zehn. Die Sonne, das wußte sie, war um acht Uhr zehn untergegangen. Vor einer Stunde und fünfunddreißig Minuten? Unmöglich. Und doch –
»Sehr interessant«, murmelte Miss Carnaby.

»Sie müssen sich an meine Instruktionen halten, verstehen Sie?« sagte Hercule Poirot eindringlich.
»Oh, gewiß, Monsieur Poirot, Sie können sich auf mich verlassen.«
»Haben Sie von Ihrer Absicht gesprochen, der Sekte etwas zu vermachen?«
»Ja, Monsieur Poirot, ich habe mit dem Großen Hirten – pardon, mit Dr. Anderson – gesprochen. Ich habe ihm sehr ergriffen gesagt, welch wunderbare Offenbarung die Sache für mich war – wie ich gekommen war, um zu höhnen, und bekehrt wurde. Ich – es kam mir ganz natürlich vor, alle diese Dinge zu bekennen.

Sie müssen wissen, Dr. Anderson hat eine unglaublich große Anziehungskraft.«
»Das sehe ich«, grunzte Poirot trocken.
»Er sprach sehr überzeugend. Man hat wirklich das Gefühl, daß ihm an Geld nichts gelegen ist. ›Geben Sie, was Sie können‹, sagte er mit seinem bezaubernden Lächeln, ›und wenn Sie nichts geben können, so macht es auch nichts.‹ – ›Oh, Dr. Anderson, so schlecht dran bin ich nicht. Ich habe jüngst eine beträchtliche Summe von einer entfernten Verwandten geerbt, und obwohl ich über das Geld nicht verfügen kann, ehe die gesetzlichen Formalitäten erledigt sind, will ich eines sofort machen.‹ Und dann erklärte ich ihm, daß ich im Begriff sei, ein Testament zu machen, um mein ganzes Vermögen der Bruderschaft zu hinterlassen. Ich erklärte ihm, daß ich keine nahen Verwandten hätte.«
»Und er nahm das Vermächtnis gnädig an?«
»Er nahm es mit großem Gleichmut auf. Er sagte, vor meinem Hinscheiden würden noch viele Jahre vergehen, und er könne mir versichern, daß ich zu einem langen Leben der Freude und geistigen Erfüllung ausersehen sei. Er spricht wirklich sehr rührend.«
»Es scheint so.«
Poirots Ton war trocken, als er fortfuhr:
»Haben Sie Ihre Gesundheit erwähnt?«
»Ja, Monsieur Poirot. Ich sagte ihm, daß ich lungenleidend sei und mehrere Rezidiven hatte, aber daß eine Behandlung in einem Sanatorium vor einigen Jahren mich schließlich geheilt habe – endgültig, wie ich hoffte.«
»Ausgezeichnet!«
»Aber warum ich sagen mußte, daß ich schwindsüchtig bin, wenn meine Lungen kerngesund sind, geht über meinen Verstand.«

»Seien Sie versichert, daß es sein mußte. Haben Sie von Ihrer Freundin gesprochen?«
»Ja, ich sagte ihm – streng vertraulich –, daß Emmeline außer dem Vermögen, das sie von ihrem Gatten geerbt hat, demnächst eine noch größere Erbschaft von einer Tante zu gewärtigen habe, deren Lieblingsnichte sie sei.«
»*Eh bien*, das sollte Mrs. Clegg vorläufig schützen!«
»Oh, Monsieur Poirot, glauben Sie wirklich, daß es nicht mit rechten Dingen zugeht?«
»Das bemühe ich mich eben herauszufinden. Haben Sie in Green Hills einen Mr. Cole getroffen?«
»Ja, das letzte Mal, als ich dort war. Ein äußerst sonderbarer Mensch. Er trägt grasgrüne Shorts und ißt nur Kohl. Er ist ein fanatischer Anhänger.«
»*Eh bien*, alles geht vorwärts – ich mache Ihnen mein Kompliment über die Arbeit, die Sie geleistet haben, alles ist jetzt auf die Herbstfeier eingestellt.«

»Miss Carnaby – nur einen Augenblick.«
Mr. Cole packte Miss Carnaby am Arm. Seine Augen glänzten hektisch.
»Ich hatte eine Vision – eine sehr bedeutsame Vision. Ich muß sie Ihnen schildern.«
Miss Carnaby seufzte, sie fürchtete sich ein wenig vor Mr. Coles Visionen. Es gab Momente, wo sie fest überzeugt war, daß Mr. Cole wahnsinnig sei.
Außerdem brachten diese Visionen sie in Verlegenheit. Sie erinnerten sie an gewisse sehr gewagte Stellen jenes ultramodernen deutschen Buches über das Unterbewußtsein, das sie gelesen hatte, ehe sie nach Devon gekommen war.
Mr. Cole begann mit blitzenden Augen und zuckenden Lippen aufgeregt zu sprechen.
»Ich meditierte gerade – über die Fülle des Lebens und

die Wonnen des Einsseins –, und dann wurden meine Augen geöffnet, und ich sah –«

Miss Carnaby nahm sich zusammen und hoffte, daß Mr. Cole nicht das gleiche gesehen hatte wie das letzte Mal – was scheinbar eine rituelle Vermählung im alten Sumer zwischen einem Gott und einer Göttin gewesen war.

»Ich sah« – Mr. Cole beugte sich keuchend über sie, seine Augen erschienen ihr völlig wahnsinnig – »den Propheten Elias in seinem feurigen Wagen vom Himmel herabkommen.«

Miss Carnaby atmete auf. Elias war viel besser. Sie hatte nichts gegen Elias.

»Unten«, fuhr Mr. Cole fort, »waren Baals Altäre – Hunderte und aber Hunderte. Eine Stimme rief mir zu: ›Siehe, schreibe nieder und bezeuge, was du sehen wirst‹ –«

Er hielt inne, und Miss Carnaby murmelte höflich: »Ja?«

»Auf den Altären lagen die Opfer, gefesselt, hilflos dem Schlachtmesser preisgegeben. Jungfrauen – Hunderte von Jungfrauen – junge, schöne nackte Jungfrauen –«

Mr. Cole schmatzte mit den Lippen, Miss Carnaby errötete.

»Dann kamen die Raben. Odins Raben kamen von Norden geflogen. Sie begegneten Elias' Raben – zusammen kreisten sie am Himmel –, sie schossen herab, hackten den Opfern die Augen aus – es erklang Wehklagen und Zähneknirschen –, und die Stimme rief: ›Siehe ein Opfer – denn am heutigen Tage werden Odin und Jehova ihre Blutsbrüderschaft besiegeln!‹ Dann fielen die Priester über ihre Opfer her, sie zückten die Messer – sie verstümmelten die Opfer –«

Miss Carnaby riß sich verzweifelt von ihrem Peiniger

los, der jetzt in einer Art sadistischem Taumel geiferte.
»Entschuldigen Sie mich einen Augenblick.«
Sie sprach hastig Lippscomb an, den Mann, der das Pförtnerhaus bewohnte und Einlaß nach Green Hills gewährte und der durch eine gütige Fügung zufällig vorbeikam.
Sie sagte: »Haben Sie nicht eine Brosche von mir gefunden? Ich muß sie irgendwo hier im Park verloren haben.«
Lippscomb, der gegen die allgemeine Sanftmut und Erleuchtung von Green Hills immun war, knurrte nur, daß er keine Brosche gesehen habe. Es sei nicht seine Sache, herumzulaufen und verlorene Gegenstände zu suchen. Er versuchte Miss Carnaby abzuschütteln, aber sie begleitete ihn, über ihre Brosche schwätzend, bis sie zwischen sich und Mr. Coles Inbrunst eine gewisse Distanz gelegt hatte.
In diesem Augenblick kam der Große Hirte selbst aus dem Geheiligten Pferch, und durch sein gütiges Lächeln ermutigt, wagte Miss Carnaby frei mit ihm zu sprechen.
Der Meister legte seine Hand auf ihre Schulter.
»Glauben Sie, daß Mr. Cole ganz – ganz –«
»Sie müssen sich von der Angst befreien«, belehrte er sie, »vollkommene Liebe verscheucht die Angst...«
»Aber ich glaube, Mr. Cole ist verrückt. Diese Visionen, die er hat –«
»Bis heute«, sagte der Meister, »sieht er noch unvollkommen... mit den Augen seines Fleisches. Aber der Tag wird kommen, da er mit dem Geiste sehen wird – von Angesicht zu Angesicht.«
Miss Carnaby war beschämt. Natürlich, so gesehen –. Sie sammelte sich, um einen kleineren Einwand vorzubringen.

Sie fragte weiter: »Und muß Lippscomb wirklich so abscheulich grob sein?«
Wieder erstrahlte des Meisters himmlisches Lächeln.
»Lippscomb«, sagte er, »ist ein treuer Wachhund. Er ist ein ungeschliffenes – ein einfaches Gemüt, aber treu – absolut treu.«
Er schritt weiter. Miss Carnaby sah, wie er Mr. Cole begegnete, stehen blieb und eine Hand auf Mr. Coles Schulter legte. Sie hoffte, daß des Meisters Einfluß den Inhalt künftiger Visionen ändern würde. Jedenfalls war es nur mehr eine Woche bis zur Herbstfeier.

Am Nachmittag vor der Feier traf Miss Carnaby Hercule Poirot in einer kleinen Konditorei in dem verschlafenen Städtchen Newton Woodbury. Miss Carnaby war erhitzt und noch atemloser als sonst. Sie nippte an ihrem Tee und zerbröckelte einen Kuchen zwischen den Fingern.
Poirot hatte einige Fragen gestellt, auf die sie einsilbig geantwortet hatte.
»Wie viele Leute werden bei dem Fest sein?« hob er nun an.
»Ich glaube, hundertzwanzig. Emmeline ist natürlich da und Mr. Cole – er war in letzter Zeit wirklich höchst eigentümlich – ich hoffe, ich hoffe sehr, daß er nicht verrückt ist. Dann werden eine Menge neue Mitglieder dasein – fast zwanzig.«
»Gut. Sie wissen, was Sie zu tun haben?«
Es entstand eine kleine Pause, ehe Miss Carnaby mit einer etwas sonderbaren Stimme sagte:
»Ich weiß, was Sie mir gesagt haben, Monsieur Poirot...«
»Très bien!«
Dann sagte Amy Carnaby laut und vernehmlich:
»Aber ich werde es nicht tun.«

Hercule Poirot starrte sie an. Miss Carnaby erhob sich. Ihre Stimme klang fast hysterisch:
»Sie haben mich hierhergeschickt, um Dr. Anderson nachzuspionieren. Sie haben ihn verschiedener Dinge verdächtigt. Aber er ist ein prachtvoller Mensch – ein großer Meister. Ich glaube mit Herz und Seele an ihn! Und ich werde nicht mehr Ihre Spionin sein, Monsieur Poirot! Ich bin eines der Schafe des Hirten. Der Meister hat eine neue Botschaft an die Welt, und von nun an gehöre ich mit Leib und Seele ihm. Und ich bezahle meinen Tee selbst, bitte.«
Mit diesem leichten Kontrast zu ihrer hochtrabenden Tirade warf Miss Carnaby einen Shilling und drei Pence auf den Tisch und stürzte aus dem Laden.
»*Nom d'un nom d'un nom*«, murmelte Hercule Poirot.
Die Kellnerin mußte ihn zweimal fragen, ehe er begriff, daß sie ihm die Rechnung präsentierte. Er begegnete dem forschenden Blick eines mürrisch aussehenden Mannes am Nebentisch, errötete, bezahlte die Rechnung und ging hinaus.
Er dachte angestrengt nach.

Wieder einmal waren die Schafe in dem Geheiligten Pferch versammelt. Die rituellen Fragen und Antworten waren heruntergeleiert worden.
»Seid ihr auf das Sakrament vorbereitet?«
»*Wir sind es.*«
»Verbindet eure Augen und streckt den rechten Arm vor.«
Der Große Hirte, prachtvoll in seinem grünen Gewand, schritt die Reihen der Wartenden entlang. Der Kohl fressende, Visionen sehende Mr. Cole, neben Miss Carnaby, stöhnte vor schmerzlicher Wonne, als die Nadel sein Fleisch durchbohrte.

Der Große Hirte stand vor Miss Carnaby. Seine Hände berührten ihren Arm ... »*Halt! Nichts da ...*«
Unfaßbare – beispiellose Worte. Ein Handgemenge, ein Wutgebrüll. Grüne Schleier wurden von den Augen gerissen – um einen unglaublichen Anblick zu sehen – Mr. Cole, im Schafspelz, von einem anderen Gläubigen unterstützt, hatte den Großen Hirten gepackt, der sich verzweifelt wehrte.
In fließendem Polizeijargon sagte der frühere Mr. Cole:
»Und ich habe hier einen Haftbefehl gegen Sie. Ich muß Sie warnen, daß alles, was Sie sagen, vor Gericht als Beweis gegen Sie verwendet werden kann.«
Jetzt standen auch andere Gestalten an der Tür des Geheiligten Pferches, blau uniformierte Gestalten.
Jemand schrie: »Die Polizei! Es ist die Polizei! Sie führen den Meister ab. Sie führen den Meister ab ...«
Alles war erschüttert – entsetzt ... Für sie war der Große Hirte ein Märtyrer, der an der Unwissenheit und Verfolgung der Außenwelt litt, wie alle großen Meister ...
Inzwischen packte Detektivinspektor Cole vorsichtig die Injektionsspritze ein, die dem Großen Hirten aus der Hand gefallen war.

»Meine wackere Kollegin!«
Poirot schüttelte Miss Carnaby wärmstens die Hand und stellte sie Oberinspektor Japp vor.
»Erstklassige Arbeit, Miss Carnaby«, lobte Oberinspektor Japp. »Wir hätten es ohne Sie nicht machen können. Das ist die reine Wahrheit.«
»Du liebe Zeit!« Miss Carnaby barst beinahe vor Stolz. »Es ist zu gütig von Ihnen, das zu sagen. Und wissen Sie, eigentlich habe ich die ganze Sache genossen. Die Aufregung – und meine Rolle zu spielen. Manchmal

war ich direkt hingerissen und glaubte wirklich, eines dieser närrischen Frauenzimmer zu sein.«

»Das war das Geheimnis Ihres Erfolges«, meinte Japp. »Sie wirkten wie ein unverfälschtes Exemplar. Nichts anders hätte diesen gerissenen Gauner hereingelegt!«

Miss Carnaby wandte sich an Poirot:

»Das war ein schrecklicher Augenblick in der Konditorei. Ich wußte mir keinen Rat. Ich mußte der ersten Eingebung folgen.«

»Sie waren großartig«, sagte Poirot warm. »Einen Augenblick dachte ich, daß entweder Sie oder ich den Verstand verloren hätten. Eine Minute lang dachte ich, es sei Ihr Ernst.«

»Es war ein solcher Schock«, erklärte Miss Carnaby. »Gerade als wir vertraulich gesprochen hatten, sah ich im Spiegel, daß Lippscomb, der Pförtner von Green Hills, an einem Tisch hinter mir saß. Ich weiß bis heute nicht, ob es ein Zufall war oder ob er mir tatsächlich gefolgt ist. Auf jeden Fall mußte ich geistesgegenwärtig sein und darauf bauen, daß Sie mich verstehen würden.«

Poirot lächelte.

»Ich verstand es. Es saß nur ein Mensch nahe genug, um etwas von unserem Gespräch zu hören, und kaum hatte ich die Konditorei verlassen, gab ich den Auftrag, ihn beim Herauskommen zu beobachten. Als ich erfuhr, daß er geradewegs nach Green Hills zurückgegangen war, wußte ich, daß ich mich auf Sie verlassen konnte und daß Sie mich nicht im Stich lassen würden; aber ich war besorgt, weil es die Gefahr für Sie erhöhte.«

»War – bestand tatsächlich eine Gefahr? Was war in der Spritze?«

»Wollen Sie es erklären, oder soll ich es tun?« unterbrach Japp den Dialog.

Poirot sagte ernst:

»Mademoiselle, dieser Dr. Anderson hatte ein ausgeklügeltes System der Ausbeutung und des Mordes ausgearbeitet – des wissenschaftlichen Mordes. Er hat den größten Teil seines Lebens mit bakteriologischen Forschungen verbracht. Er hat unter einem anderen Namen ein chemisches Laboratorium in Sheffield. Dort züchtet er Kulturen verschiedener Bakterien. Es gehörte zu seiner Methode, seinen Anhängern bei den Feiern eine kleine, aber wirksame Dosis von *Cannabis Indica* – auch als Haschisch bekannt – zu injizieren. Das erzeugt Größenwahnvorstellungen und Euphorie. Es fesselte seine Gläubigen an ihn. Das waren die geistigen Freuden, die er ihnen versprach.«

»Sehr eindrucksvoll«, bestätigte Miss Carnaby. »Wirklich ein unvergeßliches Gefühl.«

Hercule Poirot nickte.

»Damit führte er unter anderem das Geschäft. – Mit seiner dominierenden Persönlichkeit, der Fähigkeit, Massenhysterie zu erzeugen, und den Reaktionen dieses Rauschgiftes. Aber er hatte ein zweites Ziel im Auge.

Einsame Frauen machten in ihrer Dankbarkeit und Inbrunst Testamente zugunsten der Sekte. Diese Frauen starben eine nach der anderen. Sie starben in ihrem eigenen Heim und allem Anschein nach eines natürlichen Todes. Ohne mich in fachmännische Details zu verlieren, will ich versuchen, es zu erklären. Man kann von gewissen Bakterien intensivierte Kulturen züchten, zum Beispiel vom Kolibazillus, und sie lassen sich in den Organismus einführen, ebenso Pneumokokken und Typhusbakterien. Dann gibt es auch das sogenannte Alte Tuberkulin, das für Gesunde völlig unschädlich ist, aber irgendeinen alten Herd wieder virulent macht. Begreifen Sie die tückische

Schlauheit dieses Halunken? Diese Frauen starben in verschiedenen Teilen des Landes, von verschiedenen Ärzten behandelt und ohne das geringste Risiko eines Verdachtes. Er hat auch, wie ich hörte, eine Substanz gezüchtet, die die Fähigkeit hat, die Wirkung der angewendeten Bakterien zu verstärken oder aber hinauszuschieben.«
»Wenn es ein Ungeheuer gibt, so ist er es!« sagte Oberinspektor Japp.
Poirot fuhr fort:
»Auf meinen Wunsch sagten Sie ihm, daß Sie einmal tuberkulös waren. Es war Altes Tuberkulin in der Spritze, als Cole ihn verhaftete. Da Sie ein gesunder Mensch sind, hätte es Ihnen nicht geschadet, darum ließ ich Sie Ihr Lungenleiden betonen. Ich hatte große Angst, daß es ihm doch einfallen könnte, einen anderen Krankheitserreger zu wählen, aber ich respektiere Ihren Mut und mußte Sie das Wagnis auf sich nehmen lassen.«
»Oh, das tut nichts«, versicherte Miss Carnaby munter. »Ich habe nichts dagegen, etwas zu wagen. Ich fürchte mich nur vor Stieren auf einer Wiese und derlei. Aber haben Sie genug Beweise, um diesen Gauner zu überführen?«
Japp grinste.
»Mehr als genug«, sagte er. »Wir haben sein Laboratorium und die Kulturen und die ganze Anlage!«
»Ich halte es für möglich, daß er eine ganze Reihe von Morden begangen hat«, führte Poirot aus. »Ich glaube nicht, daß er von der deutschen Universität ausgeschlossen wurde, weil seine Mutter Jüdin war. Das war nur eine bequeme Ausrede, um seine Ankunft hier zu rechtfertigen und Mitleid zu erwecken.«
Miss Carnaby seufzte.
»*Qu'est-ce qu'il y a?*« fragte Poirot.

»Ich dachte an den wunderbaren Traum«, seufzte Miss Carnaby, »den ich bei der ersten Feier hatte – Haschischwirkung vermutlich. Ich habe die ganze Welt so schön in Ordnung gebracht! Keine Kriege, kein Elend, keine Krankheiten, keine Widerwärtigkeiten...«
»Das muß ein schöner Traum gewesen sein«, sagte Japp neidisch.
Miss Carnaby sprang auf.
»Ich muß nach Hause. Emily war so besorgt, und Augustus vermißt mich angeblich schrecklich.«
»Er hatte vielleicht Angst, daß Sie wie er für ›Hercule Poirot sterben‹ würden«, meinte Hercule Poirot lächelnd.

Die Äpfel der Hesperiden

Hercule Poirot blickte nachdenklich in das Gesicht des Mannes an dem großen Mahagonischreibtisch. Er bemerkte die hohe Stirn, den kleinlichen Zug um den Mund, die habgierige Linie des Kinns und die durchdringenden, weitblickenden Augen. Die Gesichtszüge verrieten ihm, wieso Emery Power der große Finanzmann geworden war, der er heute war.

Und als seine Augen auf die langen, schmalen, wunderbar geformten Hände fielen, verstand er auch, wie Emery Power den Ruf eines großen Sammlers erworben hatte. Er war zu beiden Seiten des Atlantischen Ozeans als Kunstkenner berühmt. Seine Leidenschaft für Kunst ging Hand in Hand mit einer ebensolchen Leidenschaft für das Historische. Es genügte ihm nicht, daß eine Sache schön war, sie mußte auch eine Geschichte haben. Emery Power sprach. Seine Stimme war ruhig – eine leise, betonte Stimme, die wirksamer war als bloßer Stimmumfang.

»Ich weiß, daß Sie heutzutage nicht viel Fälle übernehmen, aber ich glaube, daß Sie diesen übernehmen werden.«

»Also ist es eine Sache von großer Bedeutung.«

»Es ist für mich von Bedeutung«, bekräftigte Emery Power.

Poirot verharrte in abwartender Haltung, den Kopf leicht zur Seite geneigt. Er sah wie ein nachdenklicher Spatz aus.

Der andere fuhr fort:

»Es handelt sich um die Wiedererlangung eines Kunstwerkes. Genaugenommen eines goldenen, ziselierten Renaissance-Bechers. Man sagt, es ist der Becher, den Papst Alexander VI. – Rodrigo Borgia – verwendete. Er bot ihn zuweilen einem Ehrengast zum

Trunk an. Dieser Gast starb gewöhnlich, Monsieur Poirot.«
»Eine schöne Geschichte«, murmelte Poirot.
»Die Geschichte des Bechers war immer mit Gewalttaten verbunden. Er wurde mehr als einmal gestohlen. Es wurde gemordet, um ihn zu besitzen. Er zog eine Blutspur durch die Jahrhunderte nach sich.«
»Aufgrund seines tatsächlichen Wertes oder aus anderen Gründen?«
»Sein tatsächlicher Wert ist gewiß ansehnlich. Die Arbeit ist wunderbar, sie wird übrigens Benvenuto Cellini zugeschrieben. Die Ziselierung stellt einen Baum dar, um den sich eine edelsteingeschmückte Schlange windet, und die Äpfel des Baumes sind aus wunderbaren Smaragden geformt.«
Poirot murmelte mit sichtlich erhöhtem Interesse: »Äpfel?«
»Die Smaragde sind besonders schön und die Rubine an der Schlange auch, aber der wahre Wert des Bechers liegt in seiner historischen Vergangenheit. Er wurde im Jahre 1939 vom Marchese di San Veratrino zum Verkauf angeboten. Die Sammler überboten einander, ich erwarb ihn endlich für eine Summe, die nach dem damaligen Kurs dreißigtausend Pfund betrug.«
Poirot hob die Augenbrauen.
»Ein fürstlicher Betrag! Der Marchese di San Veratrino hatte Glück.«
»Wenn ich etwas wirklich will, bin ich bereit, es zu bezahlen, Monsieur Poirot«, versetzte Emery Power.
Hercule Poirot sagte leise:
»Sie kennen gewiß das spanische Sprichwort: ›Nimm, was du willst – und bezahle es, sagt Gott.‹«
Einen Augenblick runzelte der Finanzmann die Stirn – ein Zornesblitz funkelte in seinen Augen.

»Ich sehe, Sie sind auch ein Philosoph, Monsieur«, meinte er kühl.
»Ich habe das Alter der Betrachtungen erreicht, Monsieur.«
»Gewiß, aber Betrachtungen werden mir meinen Becher nicht wiederbringen.«
»Sie glauben nicht?«
»Ich glaube, es wird Taten erfordern.«
Hercule Poirot nickte gelassen.
»Viele Leute begehen diesen Fehler. Aber entschuldigen Sie, Mr. Power, wir sind vom Thema abgekommen. Sie sagten, daß Sie den Becher dem Marchese di San Veratrino abgekauft hätten?«
»Richtig. Was ich Ihnen nun berichten muß, ist, daß er gestohlen wurde, ehe er effektiv in meinen Besitz überging.«
»Wie geschah das?«
»In der Nacht nach der Auktion wurde im Palazzo des Marchese eingebrochen, und es wurden acht oder zehn wertvolle Gegenstände geraubt, einschließlich des Bechers.«
»Was wurde in der Sache unternommen?«
Power zuckte die Achseln.
»Die Polizei nahm die Angelegenheit natürlich in die Hand. Der Raub wurde als das Werk einer internationalen Diebesbande erkannt. Zwei, ein Franzose namens Dublay und ein Italiener namens Riccovetti, wurden erwischt und dem Gericht ausgeliefert – ein Teil der gestohlenen Beute wurde in ihrem Besitz gefunden.«
»Aber nicht der Borgia-Becher?«
»Aber nicht der Borgia-Becher. Es waren, soweit die Polizei feststellen konnte, drei Männer an dem Raub beteiligt – die beiden obengenannten und ein dritter, ein Ire namens Patrick Casey. Dieser war ein geübter

Fassadenkletterer. Er, sagt man, hat die Sachen gestohlen, Dublay war der Kopf der Bande und plante ihre Coups, Riccovetti chauffierte den Wagen der Bande und wartete unten.«
»Und die Diebesbeute? Wurde sie in drei Teile aufgeteilt?«
»Möglicherweise. Andererseits waren die wiedergefundenen Gegenstände die am wenigsten wertvollen. Es kann sein, daß die bemerkenswerteren und auffallenderen schleunigst außer Landes geschafft wurden.«
»Was geschah mit Casey, dem dritten Einbrecher? Kam er nicht vor den Richter?«
»Nicht in dem Sinn, wie Sie es meinen. Er war nicht mehr sehr jung. Seine Muskeln waren steifer als früher. Zwei Wochen später stürzte er vom fünften Stock eines Gebäudes und war auf der Stelle tot.«
»Wo geschah das?«
»In Paris. Er versuchte einen Einbruch im Haus des Bankiers Duvauglier, des Millionärs.«
»Und der Becher wurde seitdem nicht mehr gesehen?«
»Nein.«
»Er wurde nie zum Kauf angeboten?«
»Ich bin überzeugt, daß dies nicht der Fall ist. Ich kann Ihnen sagen, daß nicht nur die Polizei, sondern auch Privatdetektive nach ihm gefahndet haben.«
»Was geschah mit dem Geld, das Sie bezahlt hatten?«
»Der Marchese, ein peinlich korrekter Mann, erbot sich, mir das Geld zurückzuerstatten, da der Becher in seinem Haus gestohlen wurde.«
»Aber Sie haben das Angebot nicht akzeptiert?«
»Nein.«
»Warum nicht?«
»Sagen wir, weil ich die Angelegenheit lieber in meinen eigenen Händen behalten wollte.«

»Sie meinen, wenn Sie das Angebot des Marchese angenommen hätten, wäre der Becher, wenn man ihn wiederfände, sein Eigentum, während er jetzt legal Ihnen gehört.«
»Stimmt genau.«
»Was steckte hinter Ihrer Haltung?« forschte Poirot.
Emery Power sagte lächelnd:
»Ich sehe, daß Sie diesen Punkt würdigen. Nun, Monsieur Poirot, es ist ganz einfach. Ich glaube zu wissen, wer tatsächlich im Besitz des Bechers war.«
»Sehr interessant. Und wer war es Ihrer Meinung nach?«
»Sir Reuben Rosenthal. Er war nicht nur mein Konkurrent als Sammler, sondern auch mein persönlicher Gegner. Wir hatten in verschiedenen Unternehmungen rivalisiert, und im ganzen war ich besser gefahren als er. Unsere Freundschaft gipfelte in diesem Kampf um den Borgia-Becher. Jeder von uns beiden war entschlossen, ihn zu erwerben. Es war mehr oder weniger Ehrensache. Unsere bestellten Vertreter boten bei der Auktion gegeneinander.«
»Und das letzte Angebot Ihres Vertreters sicherte Ihnen den Schatz?«
»Nicht direkt. Ich war so vorsichtig, einen zweiten Agenten zu bestellen – offiziell Repräsentant eines Pariser Händlers. Keiner von uns wäre bereit gewesen, dem anderen nachzugeben, aber einem dritten den Becher zu überlassen mit der Möglichkeit, später in Ruhe an diesen dritten heranzutreten – das war eine ganz andere Sache.«
»Genaugenommen, *une petite ruse*.«
»Ja.«
»Eine Täuschung, die erfolgreich verlief – und gleich danach entdeckte Sir Reuben, wie er hereingelegt worden war?«

Emery Power lächelte.

Es war ein verräterisches Lächeln.

»Ich sehe jetzt, wie die Sache steht«, meinte Poirot. »Sie glauben, daß der Raub im Auftrag von Sir Reuben, der sich nicht schlagen lassen wollte, ausgeführt worden war.«

Emery Power hob die Hand.

»O nein, nein! Er hätte es nicht so plump gemacht. Ich glaube, daß Sir Reuben kurz darauf einen Renaissance-Becher, dessen Herkunft nicht näher angegeben ist, erworben hat.«

»Dessen Beschreibung durch die Polizei verbreitet wurde?«

»Der Becher soll nicht öffentlich ausgestellt worden sein.«

»Sie glauben, das Bewußtsein, ihn zu besitzen, hätte Sir Reuben genügt?«

»Ja. Außerdem, wenn ich das Angebot des Marchese akzeptiert hätte – hätte Sir Reuben mit ihm eine geheime Übereinkunft treffen können, wodurch der Becher rechtmäßig in seinen Besitz übergegangen wäre.«

Er machte eine Pause und fuhr dann fort:

»Aber ich blieb weiterhin der gesetzliche Eigentümer, und so hatte ich noch Möglichkeiten, meinen Besitz wiederzuerlangen.«

»Sie meinen«, ergänzte Poirot unumwunden, »die Möglichkeit, ihn Sir Reuben stehlen zu lassen.«

»Nicht stehlen, Monsieur Poirot. Ich hätte nur mein Eigentum wiedererobert.«

»Aber ich nehme an, daß es Ihnen nicht gelungen ist?«

»Aus dem einfachen Grund, weil Rosenthal den Becher nie besessen hat.«

»Woher wissen Sie das?«

»Neulich kam es zu einer Verschmelzung der Interessen. Rosenthals und meine Interessen decken sich

jetzt. Wir sind heute Verbündete und keine Feinde mehr. Ich sprach mit ihm offen über das Thema, und er versicherte mir sogleich, daß der Becher nie in seinem Besitz gewesen sei.«
»Und Sie glauben ihm?«
»Ja.«
Poirot sagte nachdenklich:
»Also waren Sie fast zehn Jahre lang auf einer falschen Spur?«
»Ja, ich war auf einer ganz falschen Spur«, gestand der Finanzmann bitter.
»Und jetzt – soll alles wieder von vorn beginnen?«
Der andere nickte.
»Und das soll jetzt meine Aufgabe sein. Ich bin der Hund, der die verlorene Spur verfolgen soll – die gründlich verwehte Spur?«
Emery Power erwiderte trocken:
»Wäre die Sache leicht, hätte ich mich nicht an Sie gewendet. Natürlich, wenn Sie es für unmöglich halten –«
Er hatte das richtige Wort gewählt. Hercule Poirot richtete sich auf und sagte kalt:
»Das Wort *unmöglich* existiert für mich nicht! Ich frage mich nur, ob diese Sache für mich interessant genug ist.«
Emery Power lächelte wieder.
»Das Interessante an ihr ist – Sie können Ihr Honorar selbst bestimmen.«
Der kleine Mann blickte den großen an.
»Liegt Ihnen denn soviel an diesem Kunstwerk, das kann doch nicht sein?«
»Nehmen Sie an, daß ich mich ebenso wie Sie nie geschlagen gebe«, meinte Emery Power.
Hercule Poirot senkte den Kopf.
»Ja – so ausgedrückt – verstehe ich es . . .«

Inspektor Wagstaffe interessierte sich sehr für die Sache.
»Der Veratrino-Becher? Ja, ich erinnere mich genau an die Geschichte. Ich war hier mit der Sache betraut. Ich spreche ein wenig Italienisch, wissen Sie, und bin hinübergefahren, um mich mit den Makkaronis zu beraten. Der Becher ist seitdem nie wiederaufgetaucht. Komische Geschichte das.«
»Wie erklären Sie es sich? Ein heimlicher Verkauf?«
Wagstaffe schüttelte den Kopf.
»Das bezweifle ich. Natürlich besteht eine entfernte Möglichkeit... Nein, meine Erklärung ist bedeutend einfacher. Das Zeug wurde versteckt, und der einzige Mann, der wußte wo, ist tot.«
»Sie meinen Casey?«
»Ja. Er kann den Becher irgendwo in Italien versteckt haben, oder es kann ihm geglückt sein, ihn außer Landes zu schmuggeln. Aber er hat ihn versteckt, und wo immer er ihn versteckt hat, dort ist er noch heute.«
Hercule Poirot seufzte.
»Eine romantische Theorie – Perlen in einem Gipsabguß – wie heißt die Geschichte – die Büste Napoleons, nicht wahr? Aber hier handelt es sich nicht um Schmuck – es ist ein großer, massiver Goldbecher. Nicht so leicht zu verstecken, wie man glaubt.«
»Oh, ich weiß nicht«, meinte Wagstaffe ohne großes Interesse. »Es ließe sich vermutlich machen. Unter dem Parkett – oder irgendwo.«
»Hatte Casey ein eigenes Haus?«
»Ja – in Liverpool.« Er grinste. »Dort war er nicht unter dem Parkett. Davon haben wir uns überzeugt.«
»Wie steht es mit seiner Familie?«
»Die Frau war eine anständige Person – tuberkulös –, verzweifelt über den schlechten Lebenswandel ihres Mannes. Sie war sehr religiös – eine fromme Katholi-

kin, aber sie konnte sich nicht entschließen, ihn zu verlassen. Sie ist vor einigen Jahren gestorben. Die Tochter ist ihr nachgeraten – sie ist ins Kloster gegangen. Der Sohn war anders – ganz der Vater. Das letzte Mal, als ich von ihm hörte, saß er gerade in Amerika eine Gefängnisstrafe ab.«
Hercule Poirot notierte in sein Büchlein: Amerika.
»Möglicherweise hat der junge Casey das Versteck gekannt?«
»Das glaube ich nicht, sonst wäre es in die Hände der Hehler gekommen.«
»Vielleicht ist der Becher eingeschmolzen worden?«
»Das wäre möglich, aber ich glaube es doch nicht – sein ungeheurer Sammlerwert – und Sammler scheuen nicht vor den verdächtigsten Geschäften zurück. Sie würden staunen! Manchmal«, sagte Wagstaffe entrüstet, »glaube ich, daß Sammler komplett amoralisch sind.«
»Ah! Würden Sie sich wundern, wenn zum Beispiel Sir Reuben Rosenthal in ein verdächtiges Geschäft verwickelt wäre?«
Wagstaffe grinste.
»Ich würde es ihm ruhig zutrauen. Er gilt als völlig skrupellos, wenn es sich um Kunstgegenstände handelt.«
»Was ist mit den anderen Mitgliedern der Bande?«
»Riccovetti und Dublay haben beide schwere Gefängnisstrafen bekommen. Ich glaube, sie müssen jetzt bald entlassen werden.«
»Dublay ist Franzose, nicht wahr?«
»Ja, er war der Führer der Bande.«
»Hatte die Bande noch weitere Mitglieder?«
»Ja, eine junge Frau – man nannte sie die Rote Kate. Sie nahm einen Posten als Zofe an und kundschaftete alles für einen Diebstahl aus – wo das Geld versteckt

war und so weiter. Ich glaube, sie ging nach Australien, nachdem die Bande aufgegriffen wurde.«
»Sonst noch jemand?«
»Ein Kerl namens Yougouian wurde verdächtigt, dazuzugehören. Er ist ein Händler. Sein Hauptgeschäft ist in Konstantinopel, aber er hat auch eine Filiale in Paris. Es konnte ihm nichts nachgewiesen werden – aber er ist ein aalglatter, unzuverlässiger Kunde.«
Poirot seufzte. Er blickte auf sein kleines Notizbuch. Darin stand geschrieben: Amerika, Australien, Italien, Frankreich, Türkei ...
Er murmelte:
»Ich werde einen Gürtel um die Erde legen –«
»Wie bitte?« sagte Inspektor Wagstaffe.
»Ich sagte«, erklärte Poirot, »daß eine Weltreise angezeigt sein dürfte.«

Es war Hercule Poirots Gewohnheit, seine Fälle mit seinem äußerst fähigen Diener George zu besprechen. Das heißt, Hercule Poirot ließ gewisse Bemerkungen fallen, auf die George mit jener Weltklugheit einging, die er sich im Laufe seiner Karriere als Kammerdiener erworben hatte.
»Wenn Sie gezwungen wären, in fünf verschiedenen Weltteilen Nachforschungen anzustellen, wie würden Sie es machen?« begann Poirot.
»Nun, Sir, mit dem Flugzeug geht es sehr schnell, obwohl manche Leute behaupten, daß es den Magen durcheinanderbringt. Ich selbst habe darin keine Erfahrung.«
»Ich frage mich«, murmelte Hercule Poirot, »was Herkules getan hätte?«
»Meinen Sie den Radfahrer, Sir?«
»Oder«, fuhr Hercule Poirot fort, »ich frage mich einfach, was hat er getan? Und die Antwort lautet,

George, daß er eifrig herumgereist ist. Aber zum Schluß mußte er Informationen einholen – manche sagen bei Prometheus, andere bei Nereus.«

»Sind das Reisebüros, Sir? Ich habe diese Namen noch nie gehört«, sagte George.

Hercule Poirot berauschte sich am Klang seiner eigenen Stimme und fuhr fort:

»Mein Klient, Emery Power, läßt nur eines gelten – Taten! Aber es hat keinen Sinn, durch unnötige Tätigkeit Energie zu vergeuden. Es gibt eine goldene Lebensregel, George, mache nie etwas selbst, was andere für dich tun können.«

»Besonders«, fügte er nach einer Pause hinzu, »wenn Geld keine Rolle spielt!«

Er nahm ein Register mit dem Buchstaben D aus dem Fach und öffnete es bei dem Wort »Detektivbüros – verläßlich«.

»Der moderne Prometheus«, murmelte er. »Seien Sie so gut, George, und schreiben Sie mir bestimmte Namen und Adressen heraus. Hankerton, New York. Laden und Bosher, Sydney. Signor Giovanni Mezzi, Rom. Nahum, Konstantinopel. Roget et Fraconard, Paris.«

Er machte eine Pause, während George alles niederschrieb. Dann sagte er:

»Und jetzt seien Sie so gut und sehen Sie die Züge nach Liverpool nach.«

»Ja, Sir. Fahren Sie nach Liverpool, Sir?«

»Ich werde wohl müssen. Und es ist möglich, daß ich sogar noch weiter fort reisen muß. Aber im Augenblick noch nicht.«

Drei Monate später stand Hercule Poirot auf einer felsigen Landzunge und blickte auf den Atlantischen Ozean hinaus. Möwen flogen mit langgezogenem,

melancholischem Gekreisch auf und nieder. Die Luft war warm und feucht.
Hercule Poirot hatte wie viele, die das erste Mal nach Inishgowlen kommen, das Gefühl, am Ende der Welt zu sein. Er hatte sich nie im Leben etwas so Einsames, so Entlegenes, so Verlassenes vorgestellt. Dabei hatte es eine eigene verwunschene Schönheit, die Schönheit einer fernen, sagenhaften Vergangenheit. Hier im Westen Irlands waren die Römer nie mit ihren Legionen eingedrungen, hatten sie nie ein Lager befestigt, nie eine vernünftige, nützliche Straße gebaut. Es war ein Land, wo gesunder Menschenverstand und eine geordnete Lebensweise unbekannt waren.
Hercule Poirot blickte auf die Spitzen seiner Lackschuhe und seufzte. Er fühlte sich einsam und verlassen. Die Maßstäbe, nach denen er sich richtete, waren hier unbekannt, hier galten andere Maßstäbe. Er ließ seine Augen langsam die einsame Uferlinie entlang schweifen und dann wieder auf das Meer hinaus. Irgendwo dort draußen war, wie die Sage ging, die Insel der Seligen, das Land der Jugend ...
Er murmelte zu sich selbst:
»*Der Apfelbaum, der Gesang, das Gold ...*«
Plötzlich war Hercule Poirot wieder er selbst – der Bann war gebrochen, er paßte wieder in seine Lackschuhe und in seinen eleganten dunkelgrauen Anzug. Nicht sehr weit entfernt hatte er den Klang einer Glocke gehört. Er verstand diese Glocke. Es war ein Klang, der ihm von Kindheit an vertraut war.
Er machte sich auf den Weg und schritt flott die Klippen entlang. Nach ungefähr zehn Minuten kam ein Gebäude auf den Klippen in Sicht. Es war von einer hohen Mauer umgeben, in die ein großes, hölzernes, mit Nägeln beschlagenes Tor eingelassen war. Hercule Poirot kam an dieses Tor und pochte; es hatte

einen großen eisernen Türklopfer. Dann zog er vorsichtig an einer rostigen Kette, und eine schrille Glocke klingelte auf der anderen Seite des Tores. Ein Teil der Vertäfelung wurde zur Seite geschoben und ließ ein Gesicht sehen. Es war ein mißtrauisches Gesicht, von weißem, gestärktem Linnen umrahmt. Auf der Oberlippe war deutlich ein Schnurrbart zu erkennen, aber die Stimme war die einer Frau, die Hercule Poirot eine *femme formidable* nannte. Sie fragte nach seinem Anliegen.
»Ist dies das Kloster der heiligen Maria und aller Engel?«
Die furchteinflößende Frau entgegnete scharf:
»Und was sollte es sonst sein?«
Hercule Poirot machte keinen Versuch, diese Frage zu beantworten.
»Ich möchte die Frau Oberin sprechen«, antwortete er dem Drachen.
Der Drachen war unwillig, aber schließlich gab er widerstrebend nach. Die Riegel wurden zurückgeschoben, die Tür geöffnet, und Hercule Poirot wurde in einen kleinen Raum geführt, der als Besuchszimmer des Klosters diente.
Bald darauf glitt eine Nonne herein; der Rosenkranz hing von ihrem Gürtel herab.
Hercule Poirot war von Geburt Katholik, und die Atmosphäre, in der er sich befand, war ihm vertraut.
»Verzeihen Sie die Störung, *ma mère*«, begann er, »aber ich glaube, Sie haben hier eine *religieuse*, die, ehe sie die Weihen empfing, Kate Casey hieß?«
Die Mutter Oberin senkte den Kopf und sagte:
»Das ist richtig. Als Nonne heißt sie Schwester Mary Ursula.«
»Es ist ein Unrecht geschehen, das wiedergutgemacht werden muß«, fuhr Hercule Poirot weiter. »Ich

glaube, daß Schwester Mary Ursula mir dabei behilflich sein könnte. Sie hat vielleicht wertvolle Informationen.«
Die Oberin schüttelte den Kopf. Ihre Stimme war ruhig, ihr Gesicht unbewegt und abgeklärt.
»Schwester Mary Ursula kann Ihnen nicht helfen.«
»Aber ich versichere Sie –«
Er brach ab. Die Oberin sagte:
»Schwester Mary Ursula ist vor zwei Monaten gestorben.«

In der Bar von Jimmy Donovans Hotel saß Poirot unbequem an der Wand. Das Hotel entsprach nicht seiner Vorstellung von einem guten Hotel. Die Sprungfedern in seinem Bett waren zerbrochen, ebenso zwei Fensterscheiben in seinem Zimmer – wodurch jene Nachtluft eindrang, der Hercule Poirot so mißtraute. Die Wärmeflasche, die man ihm gebracht hatte, war lauwarm gewesen, und die Mahlzeit, die er eingenommen hatte, erzeugte sonderbare und schmerzhafte Krämpfe in seinem Magen.
In der Bar saßen fünf Männer, die alle politisierten. Zum größten Teil konnte Hercule Poirot nicht verstehen, was sie sagten. Jedenfalls war es ihm gleichgültig. Plötzlich saß einer der Männer neben ihm. Er hob sich etwas von den anderen ab.
Er sprach mit großer Würde:
»Ich sage Ihnen, Sir, ich sage Ihnen – ›*Pegeens Pride*‹ hat nicht die geringste Chance, nicht die geringste ... Er wird als guter letzter einlaufen – als guter letzter. Befolgen Sie meinen Tip ... jedermann sollte meinen Tip befolgen. Wissen Sie, wer ich bin, Sir? Wissen Sie es? Atlas – ich bin Atlas von der *Dublin Sun* ... Ich habe die ganze Saison die Sieger getippt ... Habe ich nicht auf ›*Larry's Girl*‹ getippt? Fünfundzwanzig zu

eins – fünfundzwanzig zu eins. Folgt Atlas, und ihr könnt nicht fehlgehen.«
Hercule Poirot blickte ihn mit sonderbarer Scheu an. Er murmelte mit bebender Stimme:
»*Mon Dieu*, das ist ein Omen!«

Es war einige Stunden später. Der Mond blickte dann und wann zwischen den Wolken hervor. Poirot und sein neuer Freund waren einige Meilen gewandert. Poirot hinkte. Der Gedanke schoß ihm durch den Kopf, daß es am Ende doch noch andere, für Landpartien besser geeignete Schuhe als Lacklederschuhe gab. George hatte tatsächlich so etwas angedeutet.
»Ein Paar gute Laufschuhe«, hatte er gesagt.
Hercule Poirot hatte der Gedanke nicht zugesagt. Er liebte es, wenn seine Füße elegant und vornehm beschuht wirkten. Aber jetzt, während er den steinigen Pfad entlangstapfte, begriff er, daß es auch andere Schuhe geben mußte.
Sein Gefährte unterbrach plötzlich das Schweigen.
»Wird der Pfarrer mich deshalb verfolgen? Ich will mein Gewissen nicht mit einer Todsünde belasten.«
Hercule Poirot beruhigte ihn. »Sie geben nur dem Kaiser zurück, was des Kaisers ist.«
Sie waren zur Klostermauer gekommen. Atlas machte Vorbereitungen, seine Rolle zu spielen.
Ein Stöhnen entrang sich ihm, und er klagte in ergreifenden Tönen, daß er vollkommen erledigt sei.
Hercule Poirot sagte gebieterisch:
»Seien Sie ruhig, Sie werden ja nicht die Last des Himmelsgewölbes tragen müssen, sondern nur die Last von Hercule Poirot.«

Atlas drehte zwei neue Fünfpfundnoten zwischen den Fingern.

Er sagte zuversichtlich:
»Vielleicht werde ich mich am Morgen nicht mehr erinnern, wie ich das verdient habe. Ich habe Angst, daß Pater O'Reilly hinter mir her sein wird.«
»Vergessen Sie alles, mein Lieber, morgen gehört die Welt Ihnen.«
Atlas murmelte:
»Und auf was soll ich es setzen? Auf ›*Working Lad*‹? Er ist ein großartiges Pferd, ein schönes Pferd! Oder auf ›*Sheila Boyne*‹? Sie würde sieben zu eins auszahlen.«
Er machte eine Pause.
»Bilde ich es mir ein, oder haben Sie den Namen eines heidnischen Gottes erwähnt? ›Herkules‹ haben Sie gesagt, und so wahr ich lebe, morgen um drei Uhr dreißig läuft ›*Herkules*‹.«
»Mein Lieber«, riet Poirot, »setzen Sie alles auf Herkules. Ich sage Ihnen eines: ›*Herkules*‹ kann nicht versagen.«
Und es geschah tatsächlich, daß am nächsten Tag Mr. Rosselyns ›*Herkules*‹ völlig unerwartet als Outsider das Boynan-Rennen gewann und eine Quote von sechzig zu eins für ihn ausgezahlt wurde.

Hercule Poirot öffnete geschickt das saubere Paket. Er entfernte zuerst das Packpapier, dann die Watte und schließlich das Seidenpapier.
Er stellte mitten auf den Schreibtisch vor Emery Power einen leuchtenden, goldenen Becher, der einen ziselierten Baum zeigte, der Äpfel aus Smaragden trug.
Emery Power schöpfte tief Atem.
»Ich gratuliere Ihnen, Monsieur Poirot.«
Hercule Poirot verbeugte sich.
Emery Power streckte eine Hand aus. Er berührte den Rand des Bechers und tastete ihn mit dem Finger ab.
»Mein Eigentum!« sagte er feierlich.

Hercule Poirot stimmte zu.
»Ja.«
Der andere stieß einen Seufzer aus. Er lehnte sich in seinem Stuhl zurück. Dann fragte er in geschäftsmäßigem Ton:
»Wo haben Sie ihn gefunden?«
»Ich fand ihn auf einem Altar«, erwiderte Poirot.
Emery Power riß die Augen auf.
Poirot fuhr fort:
»Caseys Tochter war eine Nonne. Um die Zeit, als ihr Vater starb, war sie im Begriff, die letzten Weihen zu empfangen. Sie war ein unwissendes, aber tiefgläubiges Mädchen. Der Becher war im Haus ihres Vaters in Liverpool versteckt gewesen. Sie brachte ihn ins Kloster, um, wie ich vermute, die Sünden ihres Vaters zu sühnen. Sie gab ihn hin, um der Ehre Gottes zu dienen. Ich glaube nicht, daß die Nonnen je eine Ahnung von seinem Wert hatten. Sie hielten ihn wahrscheinlich für ein Familienerbstück. In ihren Augen war er ein Kelch, und sie verwendeten ihn als solchen.«
»Eine unglaubliche Geschichte!« sagte Emery Power. »Was brachte Sie auf den Gedanken, dorthin zu gehen?«
Poirot zuckte die Achseln.
»Vielleicht – meine Methode der Elimination. Und dann gab mir die Tatsache zu denken, daß nie jemand versucht hatte, den Becher zu verkaufen. Das sah danach aus, wissen Sie, als ob er an einem Ort wäre, wo die üblichen materiellen Werte nicht gelten. Ich erinnerte mich, daß Patrick Caseys Tochter Nonne war.«
Power wiederholte herzlich:
»Nun, wie gesagt, ich gratuliere Ihnen. Nennen Sie mir Ihr Honorar, und ich werde Ihnen einen Scheck ausstellen.«
»Es gibt kein Honorar«, sagte Hercule Poirot.

Der andere starrte ihn an.
»Was soll das heißen?«
»Haben Sie als Kind je Märchen gelesen? Da sagte der König immer: ›Verlange von mir, was du willst.‹«
»Also verlangen Sie doch etwas?«
»Ja, aber kein Geld. Nur die Erfüllung einer einfachen Bitte.«
»Nun, was ist es? Wollen Sie einen Börsentip?«
»Nein, das wäre ja nur Geld in einer anderen Form. Meine Bitte ist viel einfacher.«
»Wie lautet sie?«
Hercule Poirot legte seine Hände auf den Becher.
»Schicken Sie das ins Kloster zurück.«
Es entstand eine Pause. Dann flüsterte Emery Power: »Sind Sie wahnsinnig?«
»Nein, ich bin nicht wahnsinnig. Warten Sie, ich werde Ihnen etwas zeigen.« Er nahm den Becher auf. Mit seinem Fingernagel drückte er fest auf den offenen Rachen der Schlange, die sich um den Baum wand. Auf der Innenseite des Bechers glitt ein winziger Teil des ziselierten Goldes zur Seite und gab eine Öffnung in den hohlen Henkel frei.
»Sehen Sie. Das war der Trinkbecher des Borgia-Papstes. Durch dieses kleine Loch ergoß sich das Gift in den Trunk. Sie haben selbst gesagt, daß die Geschichte des Bechers eine Kette von Greueltaten ist. Gewalt und Blut und böse Leidenschaften waren immer mit dem Leben seines Besitzers verbunden. Vielleicht würde jetzt auch Ihnen ein Unheil widerfahren.«
»Aberglauben!«
»Vielleicht. Aber warum waren Sie so erpicht darauf, dieses Ding zu besitzen? Nicht wegen seiner Schönheit noch wegen seines Wertes. Sie haben hundert – vielleicht tausend schöne und seltene Gegenstände.

Sie brauchten es nur, um ihren Stolz zu befriedigen. Sie wollen sich nicht schlagen lassen. *Eh bien*, Sie sind nicht geschlagen. Sie haben gesiegt! Der Becher gehört Ihnen. Aber warum wollen Sie nicht jetzt eine vornehme – eine erhabene Geste tun? Senden Sie ihn dorthin zurück, wo er fast zehn Jahre hindurch in Frieden geweilt hat. Dort wird er von dem Bösen, das ihm anhaftet, gereinigt werden. Er gehörte einst der Kirche – lassen Sie ihn zur Kirche zurückkehren. Lassen Sie ihn wieder auf dem Altar stehen, gereinigt und entsühnt, so wie wir hoffen, daß auch die Menschenseelen gereinigt und entsühnt sein werden.«
Er beugte sich vor.
»Lassen Sie mich Ihnen den Ort beschreiben, wo ich ihn fand. Ein Garten des Friedens mit Ausblick auf das Meer, auf ein vergessenes Paradies der Jugend und der ewigen Schönheit.«
Er sprach weiter und beschrieb in schlichten Worten den weltfernen Zauber von Inishgowlen.
Emery Power lehnte sich zurück, die Hand über den Augen.
»Ich wurde an der Westküste Irlands geboren«, gestand er endlich. »Ich fuhr als Junge von dort nach Amerika.«
Poirot sagte sanft:
»Das wußte ich.«
Der Finanzmann richtete sich in seinem Stuhl auf. Seine Augen waren wieder listig. Ein leises Lächeln umspielte seine Lippen:
»Sie sind ein sonderbarer Kauz, Monsieur Poirot. Sie sollen Ihren Willen haben. Bringen Sie den Becher ins Kloster zurück, als Spende in meinem Namen. Ein teures Geschenk. Dreißigtausend Pfund – und was bekomme ich dafür?«
Poirot sagte ernst:

»Die Nonnen werden für Ihre Seele beten.«
Das Lächeln des reichen Mannes vertiefte sich – ein sehnsüchtiges, hungriges Lächeln.
»So ist es schließlich doch noch eine Anlage! Vielleicht die beste, die ich je gemacht habe ...«

In dem kleinen Empfangszimmer des Klosters erzählte Hercule Poirot seine Geschichte und gab der Oberin den Kelch zurück.
Sie flüsterte:
»Sagen Sie ihm, daß wir ihm danken und für ihn beten werden.«
Poirot erwiderte leise:
»Er braucht Ihre Gebete.«
»Ist er denn ein unglücklicher Mensch?«
Poirot sagte:
»So unglücklich, daß er vergessen hat, was Glück bedeutet. So unglücklich, daß er nicht weiß, daß er unglücklich ist.«
Die Nonne sagte leise:
»Also ein reicher Mann ...«
Hercule Poirot antwortete nicht – denn er wußte, daß es darauf nichts mehr zu sagen gab.

Die Gefangennahme des Zerberus

Hercule Poirot schwankte in der Untergrundbahn hin und her und dachte im stillen, daß es zu viele Menschen auf der Welt gibt. Gewiß gab es in Londons unterirdischer Welt in diesem besonderen Augenblick, um sechs Uhr dreißig abends, zu viele Menschen. Hitze, Lärm, Gedränge – der unwillkommene Druck von Händen, Armen, Leibern, Schultern – und im ganzen, dachte er angewidert, eine häßliche, uninteressante Menge von Unbekannten. Die Menschheit, so *en masse* betrachtet, war nicht anziehend. Wie selten sah man ein geistvolles Gesicht, wie selten eine *femme bien mise*! Was war das für eine Leidenschaft, die Frauen packte, unter den ungünstigsten Umständen zu stricken? Das Stricken steht den Frauen nicht. Die Versunkenheit, die glasigen Augen, die ruhelosen, geschäftigen Finger! Man braucht die Behendigkeit der Wildkatze und die Willensstärke eines Napoleon, um in einer überfüllten Untergrundbahn zu stricken, aber die Frauen bringen es zustande. Wenn es ihnen gelingt, einen Platz zu erobern, kommt gleich ein unansehnlicher lachsrosa Streifen heraus, und tick-tack beginnen die Nadeln zu klappern!

Keine Haltung, dachte Poirot, keine weibliche Grazie. Seine alternde Seele empörte sich gegen das Drängen und Hasten der modernen Welt. All diese jungen Frauen, die ihn umgaben – einander so ähnlich, so ohne Charme, so bar jeder verführerischen Weiblichkeit! Er zog üppigere Reize vor. Ah! Eine *femme du monde* zu sehen, *chic*, sympathisch, *spirituelle* – eine Frau mit weichen Rundungen, raffiniert angezogen. Einst hatte es solche Frauen gegeben. Aber jetzt – jetzt ...

Der Zug blieb bei einer Haltestelle stehen, Menschen

strömten hinaus und drängten Poirot gegen die Stricknadelspitzen, strömten herein und preßten ihn noch mehr wie eine Sardine gegen seine Mitreisenden. Der Zug fuhr mit einem Ruck wieder an. Poirot wurde gegen eine dicke Frau mit unförmigen Paketen geschleudert, sagte *pardon* und schnellte gegen einen knochigen Mann, dessen Aktentasche ihn ins Kreuz stieß. Er sagte wieder *pardon*. Er fühlte, daß sein Schnurrbart schlaff und strähnig wurde. *Quel enfer!* Zum Glück war die nächste Station die seine!
Es war auch die Station für ungefähr hundertfünfzig andere Leute, da es Piccadilly Circus war. Sie ergossen sich wie eine große Flut auf den Bahnsteig. Gleich darauf stand Poirot eingekeilt auf einer Rolltreppe und wurde zur Erdoberfläche emporgetragen.
Empor aus den höllischen Regionen, dachte Poirot ... Wie weh tut ein Handkoffer, der einem auf einer aufsteigenden Rolltreppe von hinten in die Knie gebohrt wird.
In diesem Augenblick rief eine Stimme seinen Namen. Erschrocken hob er den Blick. Auf der gegenüberliegenden Rolltreppe, der absteigenden, erblickten seine ungläubigen Augen eine Vision aus der Vergangenheit. Eine Frau mit üppigen Formen, ihr reiches, hennarotes Haar von einem winzigen Strohhütchen gekrönt, an dem eine ganze Kette buntgefiederter Vögel hing. Ein exotisch anmutender Pelz fiel von ihren Schultern.
Ihr dunkelroter Mund öffnete sich weit, ihre volle Stimme mit dem ausländischen Akzent widerhallte von den Gewölben. Sie hatte gute Lungen.
»Er ist es!« schrie sie. »Er ist es wirklich! *Mon cher Hercule Poirot!* Wir müssen uns wiedersehen! Ich bestehe darauf!«
Aber selbst das Schicksal ist nicht unerbittlicher als

zwei Rolltreppen, die sich in entgegengesetzter Richtung bewegen.
Stetig und erbarmungslos wurden Hercule Poirot hinauf und die Gräfin Vera Rossakoff hinunter befördert. Er verrenkte sich seitwärts, beugte sich über das Geländer und rief verzweifelt:
»*Chère Madame* – wo kann ich Sie erreichen?«
Ihre Antwort drang gedämpft aus der Tiefe zu ihm empor – sie war unerwartet, klang aber im Augenblick sonderbar zutreffend.
»*In der Hölle* ...«
Hercule Poirot blinzelte – und blinzelte nochmals. Plötzlich schwankte er. Ohne es zu realisieren, war er oben angelangt und hatte es versäumt, richtig abzusteigen. Die Menschen um ihn herum zerstreuten sich. Ein wenig auf der Seite drängte sich eine dichte Menge auf die abwärtsgehende Rolltreppe. Sollte er sich ihnen anschließen? Zweifellos war das Herumfahren in den Eingeweiden der Zeit um diese Zeit des größten Andranges die Hölle. Wenn sie das gemeint hatte, so konnte er ihr nur von Herzen beistimmen ...
Resolut schritt Poirot hinüber, zwängte sich in die hinuntersteigende Menge und wurde in die Tiefe zurückbefördert. Am Fuß der Treppe – keine Spur der Gräfin. Poirot blieb die Wahl, blauen, gelben, oder grünen Lichtern zu folgen.
Bevorzugte die Gräfin die Waterloo- oder die Piccadilly-Linie? Poirot suchte nacheinander jeden Bahnsteig ab. Er wurde von den ein- und aussteigenden Menschenmassen hin und her gezerrt, aber nirgends sah er die auffallende, typisch russische Erscheinung der Gräfin Vera Rossakoff. Müde, abgehetzt und enttäuscht fuhr Poirot nochmals zur Oberfläche empor und trat in das Gewimmel von Piccadilly Circus. Trotzdem kam er freudig erregt nach Hause.

Es ist das Verhängnis kleiner, pedantischer Männer, für große, auffallende Frauen zu schwärmen. Poirot hatte sich nie von der fatalen Anziehungskraft befreien können, die die Gräfin auf ihn ausübte. Obwohl es an die zwanzig Jahre her war, seit er sie zum letzten Mal gesehen hatte, wirkte der Zauber noch. Ihre Aufmachung erinnerte zwar an den Sonnenuntergang eines Landschaftsmalers, und die Frau dahinter war völlig unsichtbar, aber für Hercule Poirot war sie noch immer der Inbegriff von Glanz und Verführung. Der kleine Bourgeois war noch geblendet von der Aristokratin. Die Erinnerung an ihre Geschicklichkeit als Schmuckdiebin ließ die alte Bewunderung wiederaufleben. Er erinnerte sich, mit welch großartigem Aplomb sie die Anschuldigung angenommen hatte. Eine Frau unter Tausenden – in einer Million. Und er hatte sie wiedergefunden – und hatte sie verloren!
»*In der Hölle*«, hatte sie gesagt. Er hatte sich nicht getäuscht. Aber was hatte sie damit gemeint? Hatte sie etwa doch Londons Untergrundbahn gemeint? Oder waren ihre Worte im religiösen Sinn aufzufassen? Aber auch wenn ihr Lebenswandel die Hölle zum wahrscheinlichsten Bestimmungsort für sie nach diesem Leben machte, so würde ihre slawische Höflichkeit ihr bestimmt verbieten, anzudeuten, daß Hercule Poirot auch unbedingt dahin gelangen müsse.
Nein, sie mußte etwas ganz anderes gemeint haben. Sie mußte gemeint haben – Hercule Poirot war ratlos. Welch unergründliche, rätselhafte Frau! Eine geringere hätte einfach »Ritz« gebrüllt oder »Claridge«; aber Vera Rossakoff hatte klar und deutlich »Hölle« gerufen.
Poirot seufzte, aber er gab sich nicht geschlagen. In seiner Ratlosigkeit wählte er den einfachsten Weg: er

fragte am folgenden Morgen seine Sekretärin, Miss Lemon.
Miss Lemon war unglaublich häßlich und unglaublich tüchtig. Für sie war Poirot niemand Besonderer – er war einfach ihr Chef. Sie leistete ihm ausgezeichnete Dienste. Ihre heimlichen Träume und Gedanken kreisten um ein neues Karteisystem, welches sie in den Tiefen ihrer Seele langsam vervollkommnete.
»Miss Lemon, darf ich Sie etwas fragen?«
»Gewiß, Monsieur Poirot.« Miss Lemon nahm ihre Finger von den Tasten der Schreibmaschine und wartete gespannt.
»Wenn jemand Sie bitten würde, ihn – oder sie – in der Hölle zu treffen, was würden Sie tun?«
Wie gewöhnlich zögerte Miss Lemon nicht. Sie wußte immer alles.
»Ich glaube, es wäre ratsam, einen Tisch zu reservieren«, meinte sie.
Hercule Poirot starrte sie verblüfft an.
Er skandierte die Worte. »Sie – würden – telefonisch – einen Tisch – reservieren?«
Miss Lemon nickte und zog das Telefon zu sich heran.
»Für heute abend?« und seine Zustimmung voraussetzend, betätigte sie behende die Wählscheibe.
»Temple Bar 14 57 78? Ist dort ›Hölle‹? Wollen Sie bitte einen Tisch für zwei Personen reservieren. Monsieur Hercule Poirot. Elf Uhr.«
Sie legte den Hörer auf, und ihre Finger schwebten über die Tasten der Schreibmaschine. Ein leichter – ein ganz leichter Anflug von Ungeduld glitt über ihre Züge. Sie hatte das Ihre getan, ihr Chef könnte sie jetzt wirklich ungestört weiterarbeiten lassen.
Aber Hercule Poirot wünschte Aufklärungen.
»Was ist denn das, diese Hölle?« fragte er.
Miss Lemon machte ein leicht erstauntes Gesicht.

»Oh, das wissen Sie nicht? Es ist ein Nachtclub – ganz neu und jetzt sehr beliebt – von irgendeiner Russin geführt, glaube ich. Ich kann es ganz leicht arrangieren, daß Sie noch vor heute abend Mitglied sind.«

Nachdem sie, wie sie deutlich zu erkennen gab, genug Zeit vergeudet hatte, begann sie schnell und präzis wie ein Maschinengewehr zu tippen.

Am gleichen Abend um elf Uhr schritt Poirot durch einen Eingang, über welchem eine Neonreklame diskret immer nur einen Buchstaben auf einmal aufleuchten ließ. Ein Herr in rotem Frack empfing ihn und nahm ihm den Mantel ab.

Er wies mit einer Geste auf eine breite Treppe, die hinunterführte. Auf jeder Stufe stand ein Spruch geschrieben, der erste lautete:

Ich hatte die beste Absicht.«

Der zweite:

»Wende das Blatt um und beginne ein neues...«

Der dritte:

»Ich kann es jeden Augenblick aufgeben...«

»Die guten Vorsätze, mit denen der Weg zur Hölle gepflastert ist«, murmelte Hercule Poirot anerkennend. »*C'est très bien imaginé, ça!«*

Er stieg die Treppen hinunter. An ihrem Fuß war ein Tank voll Wasser mit roten Lilien. Darüber spannte sich eine Brücke in der Form eines Bootes. Poirot überquerte sie.

Zu seiner Linken saß in einer Art Marmorgrotte der größte, häßlichste, schwärzeste Hund, den Poirot je gesehen hatte. Er saß aufrecht, starr und unbeweglich da. Er ist vielleicht ausgestopft, dachte (und hoffte) Poirot. Aber in diesem Augenblick wandte das Tier seinen grimmigen Kopf, und aus den Untie-

fen seines schwarzen Rachens stieg ein unheimliches, grollendes Knurren auf. Es war ein beängstigender Laut.
Und dann bemerkte Poirot einen Korb voll kleiner, runder Kuchen mit der Aufschrift: »*Eine Bestechung für Zerberus.*«
Der Hund fixierte sie starr mit den Augen. Hastig ergriff Poirot einen Hundekuchen und warf ihn dem großen Köter zu.
Ein tiefer, roter Schlund gähnte, dann schnappten die mächtigen Kinnladen wieder zu. Zerberus hatte seine Bestechung akzeptiert! Poirot schritt durch eine offene Tür weiter.
Der Saal war nicht groß; er war voll kleiner Tische, in der Mitte blieb eine Fläche frei zum Tanzen. Rote Lämpchen beleuchteten den Raum, an den Wänden waren Fresken, und ganz am Ende stand ein großer Grill, an dem Köche, als Teufel mit Schwänzen und Hörnern verkleidet, für das Wohl der Gäste sorgten.
All das registrierte Poirot, bevor die Gräfin Vera Rossakoff, in einem grellroten Abendkleid, mit ausgestreckten Händen und ihrem ganzen russischen Temperament auf ihn losstürzte.
»Ah, da sind Sie ja, mein lieber – mein liebster Freund! Welche Freude, Sie wiederzusehen! Nach all den Jahren – so vielen Jahren – wie vielen? Nein, wir wollen nicht nachrechnen. Mir kommt es vor, als wäre es erst gestern gewesen. Sie haben sich nicht verändert – nicht im geringsten!«
»Sie auch nicht, *chère amie*«, rief Poirot aus und beugte sich über ihre Hand.
Nichtsdestoweniger wurde ihm bewußt, daß zwanzig Jahre zwanzig Jahre sind. Ohne böswillig zu sein, konnte man Gräfin Rossakoff als Ruine bezeichnen. Aber sie war wenigstens eine grandiose Ruine. Das

überschwengliche Temperament war noch da, und sie konnte wie keine andere einem Mann schmeicheln.
Sie zog Poirot mit sich an einen Tisch, an dem noch zwei andere Gäste saßen.
»Mein Freund, mein berühmter Freund, Monsieur Hercule Poirot«, stellte sie vor. »Er ist der Schrecken der Übeltäter! Ich habe mich selbst einmal vor ihm gefürchtet, aber jetzt führe ich ein Leben der makellosesten, tugendhaftesten Langeweile, nicht wahr?«
Der hagere, ältliche Herr, zu dem sie sprach, wandte ein: »Sagen Sie nicht, daß es langweilig ist, Gräfin.«
»Professor Liskeard«, stellte die Gräfin vor. »Er weiß alles über das Altertum und gab mir die wertvollsten Ratschläge für die Dekorationen hier.«
Der Archäologe schauderte leicht.
»Wenn ich gewußt hätte, wie Sie es auswerten wollten!« flüsterte er. »Das Resultat ist fürchterlich.«
Poirot betrachtete die Fresken genauer. An der Wand ihm gegenüber spielte Orpheus mit seiner Jazzband, während Eurydike hoffnungsvoll zum Grill blickte. An der entgegengesetzten Wand gaben Isis und Osiris offenbar eine Unterwelts-Wassershow, und an der dritten Wand tummelten sich einige muntere junge Leute im Adamskleid in einem *bain mixte*.
»Das Land der Jugend«, erläuterte die Gräfin und ergänzte im gleichen Atemzug die Vorstellungen: »Und das ist meine kleine Alice.«
Poirot verbeugte sich vor dem zweiten Gast am Tisch, einem streng aussehenden Mädchen in einem karierten Tweedkostüm. Sie trug eine Hornbrille.
»Sie ist sehr klug«, erklärte Gräfin Rossakoff. »Sie hat einen Doktortitel und ist Psychologin und weiß genau, warum die Narren Narren sind! Es ist nicht, wie Sie vielleicht glauben, weil sie närrisch sind!

Nein, es gibt dafür eine Menge verschiedener Gründe! Ich finde das sehr interessant.«
Das junge Mädchen namens Alice lächelte gütig, aber ein wenig herablassend. Sie fragte den Professor mit fester Stimme, ob er tanzen möchte. Er schien geschmeichelt, aber eingeschüchtert.
»Mein liebes Fräulein, ich kann leider nur Walzer tanzen.«
»Das ist ein Walzer«, sagte Alice geduldig.
Sie standen auf und tanzten. Sie tanzten nicht gut.
Gräfin Rossakoff seufzte. Ihren eigenen Gedanken nachhängend, meinte sie: »Und dabei ist sie nicht wirklich häßlich.«
»Sie versteht es nicht, sich von ihrer vorteilhaftesten Seite zu zeigen«, sagte Poirot.
»Ja, wirklich«, pflichtete die Gräfin ihm bei, »ich kann die heutige Jugend nicht verstehen. Sie geben sich keine Mühe mehr zu gefallen – sie versuchen es gar nicht. Ich habe in meiner Jugend immer versucht zu gefallen – die Farben gewählt, die mir gut standen, die Kleider ein wenig ausgepolstert, die Taille fest geschnürt, das Haar ein wenig gefärbt.«
Sie schob die schweren tizianroten Flechten aus der Stirne – es ließ sich nicht leugnen, daß sie es wenigstens noch versuchte, und mit Gewalt versuchte!
»Sich mit dem zufriedenzugeben, was die Natur einem gab – das ist dumm! Es ist auch überheblich! Die kleine Alice schreibt ganze Seiten voll großer Worte über das Geschlechtsleben, aber ich frage sie, wie oft ihr ein Mann vorschlage, mit ihm über das Wochenende nach Brighton zu gehen? Nur große Worte und Arbeit und das Wohl der Arbeiter und die Zukunft der Welt. Es ist sehr lobenswert, aber ich frage Sie, ist es amüsant? Und sehen Sie doch, wie grau und trübe diese jungen Leute die Welt gemacht

haben! Nichts als Vorschriften und Verbote! In meiner Jugend war das ganz anders.«

»Dabei fällt mir ein, wie geht es Ihrem Sohn, Madame?« Im letzten Augenblick hatte er sich besonnen und »Sohn« statt »Kleiner« gesagt, bedenkend, daß zwanzig Jahre vergangen waren.

Das Gesicht der Gräfin strahlte vor Mutterliebe.

»Der geliebte Engel! So ein großer Junge, solche Schultern, so gut aussehend! Er ist in Amerika. Er baut dort Brücken, Banken, Hotels, Warenhäuser, Eisenbahnen, alles, was die Amerikaner brauchen!«

Poirot sah etwas verdutzt drein.

»Also ist er Architekt oder Ingenieur?«

»Das ist doch einerlei!« versetzte die Gräfin. »Er ist bezaubernd! Er lebt für Brückenträger und Maschinen und sogenannte Traversen. Lauter Dinge, von denen ich nie etwas verstanden habe. Aber wir beten einander an – wir beten einander immer an! Und ihm zuliebe liebe ich auch die kleine Alice. Ja, sie sind verlobt. Sie haben sich in einem Flugzeug oder auf einem Schiff oder in der Eisenbahn getroffen und sich ineinander verliebt, mitten in einem Gespräch über das Wohl der Arbeiter. Und als sie nach London kam, suchte sie mich auf, und ich nahm sie an meine Brust.« Die Gräfin kreuzte die Arme über ihrem üppigen Busen. »Und ich sage ihr: ›Du und Niki, ihr liebt euch – also liebe ich dich auch –, aber wenn du ihn liebst, warum hast du ihn in Amerika verlassen?‹ Und dann spricht sie über ihren Beruf und das Buch, das sie schreibt, und über ihre Karriere, aber offen gesagt, verstehe ich es nicht. Aber ich habe immer behauptet, daß man tolerant sein muß.« Dann fügte sie hinzu: »Und was halten Sie von meiner Schöpfung hier?«

»Es ist sehr gut ausgedacht«, sagte Poirot und sah sich anerkennend um. »Es ist ausgesprochen *chic*!«

Das Lokal war voll und strömte jene unverkennbare, unnachahmliche Atmosphäre des Erfolges aus. Es waren elegante Paare in Frack und Abendkleid da und Bohemiens in salopper Kleidung und dicke Herren in Straßenanzügen. Das Orchester, als Teufelschar verkleidet, spielte heiße Musik. Kein Zweifel, die Hölle fand Anklang.
»Wir haben alle Gesellschaftsklassen hier«, erklärte die Gräfin, »und so soll es auch sein, nicht wahr? Die Tore der Hölle sind für alle geöffnet.«
»Außer vielleicht für die Armen«, meinte Poirot.
Die Gräfin lachte. »Sagt man nicht immer, daß es für die Reichen schwer ist, ins Himmelreich einzugehen? Dann ist es doch ganz natürlich, daß sie in der Hölle den Vortritt haben.«
Der Professor und Alice kamen an den Tisch zurück. Die Gräfin erhob sich.
»Ich muß mit Aristide sprechen.«
Sie wechselte einige Worte mit dem Oberkellner, einem hageren Mephistopheles, und ging dann von Tisch zu Tisch, um mit den Gästen zu plaudern.
Der Professor wischte sich die Stirn, nippte an seinem Glas und bemerkte:
»Sie ist eine Persönlichkeit, nicht wahr? Die Leute spüren das.« Er entschuldigte sich und ging an einen anderen Tisch, um mit jemandem zu sprechen. Poirot, allein mit der gestrengen Alice, wurde etwas befangen, als er dem Blick ihrer kalten blauen Augen begegnete. Er bemerkte, daß sie eigentlich ganz hübsch war, aber er fand sie ausgesprochen beängstigend.
»Ich kenne Ihren Familiennamen noch nicht«, flüsterte er.
»Cunningham, Dr. Alice Cunningham. Sie haben Vera seinerzeit gekannt, nicht wahr?«
»Es muß an die zwanzig Jahre her sein.«

»Sie ist für mich ein sehr interessantes Studienobjekt«, erklärte Dr. Alice Cunningham. »Natürlich interessiert sie mich auch als die Mutter meines Verlobten, aber sie interessiert mich auch vom beruflichen Standpunkt.«
»Wirklich?«
»Ja, ich schreibe nämlich ein Buch über Kriminalpsychologie. Ich finde das Nachtleben an diesem Ort hier sehr lehrreich. Wir haben verschiedene Verbrechertypen, die regelmäßig herkommen. Sie wissen natürlich alles über Veras verbrecherische Neigungen – ich meine, daß sie stiehlt?«
»Nun, ja – ich weiß es«, gestand Poirot etwas verblüfft.
»Ich nenne es den Elster-Komplex. Sie nimmt immer nur glitzernde Gegenstände. Nie Geld. Immer Schmuck. Ich habe herausgefunden, daß sie als Kind verzärtelt und verwöhnt wurde, aber ängstlich behütet. Ihr Leben war unerträglich langweilig – langweilig und gefahrlos. Ihre Natur verlangte nach Dramatik. Sie sehnte sich nach Strafe. Das ist die Wurzel ihrer diebischen Veranlagung. Sie braucht das Aufsehen, den Eklat der öffentlichen Bestrafung!«
Poirot widersprach: »Ihr Leben kann als Mitglied des Ancien Régime während der Revolution in Rußland nicht so gefahrlos und langweilig gewesen sein.«
Ein leicht belustigter Blick erschien in Miss Cunninghams blaßblauen Augen.
»Ah«, rief sie aus. »Ein Mitglied des Ancien Régime? Hat sie Ihnen das gesagt?«
»Sie ist unleugbar eine Aristokratin«, sagte Poirot loyal und drängte gewisse unbehagliche Erinnerungen an stark divergierende Kindheitserzählungen der Gräfin zurück.
»Man glaubt immer, was man glauben möchte«, be-

merkte Miss Cunningham und warf ihm einen fachmännischen Blick zu.
Poirot wurde angst und bange. Im nächsten Augenblick, fühlte er, würde man ihm seinen Komplex offenbaren. Er beschloß, den Krieg in das feindliche Lager zu tragen. Der Reiz der Gräfin Rossakoff bestand für ihn zum Teil in ihrer aristokratischen Vergangenheit, und er wollte sich diese Freude nicht von einem bebrillten kleinen Mädchen nehmen lassen mit Augen wie ausgelaugte Stachelbeeren und einem Doktordiplom der Psychologie.
»Wissen Sie, was mich wundert?« begann er nun.
Alice Cunningham gab nicht ausdrücklich zu, daß sie es nicht wußte. Sie begnügte sich damit, eine herablassende, gelangweilte Miene aufzusetzen.
Poirot fuhr fort:
»Es wundert mich, daß Sie – die jung sind und hübsch sein könnten, wenn Sie sich die Mühe geben würden –, nun, es wundert mich, daß Sie sich diese Mühe nicht nehmen! Sie tragen ein Tweedkostüm mit großen Taschen, als würden Sie Golf spielen gehen. Aber das hier ist kein Golfplatz, sondern ein Keller mit einer Temperatur von fünfunddreißig Grad Celsius, und Ihre Nase ist heiß und glänzt, aber Sie pudern sie nicht, und Sie verwenden den Lippenstift achtlos, ohne die Form der Lippen nachzuziehen! Sie sind eine Frau, aber Sie lenken die Aufmerksamkeit nicht auf diese Tatsache. Und ich frage Sie, warum tun Sie es nicht? Es ist jammerschade!«
Einen Augenblick lang hatte er die Genugtuung zu sehen, daß Alice Cunningham zum Leben erwachte. Er sah sogar Zorn in ihren Augen aufblitzen. Dann gewann sie ihre Haltung lächelnder Verachtung zurück.
»Ich fürchte, mein lieber Monsieur Poirot, Sie haben

keinen Kontakt zur modernen Ideologie. Es kommt auf die Tiefe an, nicht auf den Aufputz.«
Sie blickte auf, als ein brünetter, sehr gut aussehender junger Mann auf sie zukam.
»Das ist ein sehr interessanter Typ«, flüsterte sie eifrig. »Paul Varesco! Lebt von Frauen und hat sonderbare, verderbte Gelüste. Ich möchte, daß er mir mehr von einem Kindermädchen erzählt, das ihn betreute, als er drei Jahre alt war.«
Einige Augenblicke später tanzte sie mit dem jungen Mann. Er tanzte wunderbar. Als sie an Poirots Tisch vorbeischwebten, hörte Poirot sie sagen: »Und nach dem Sommer in Bognor gab sie Ihnen einen Spielzeugkran? Einen Kran – ja, das ist sehr vielsagend.«
Ein Weilchen spielte Poirot mit dem Gedanken, daß Miss Cunninghams Interesse für kriminelle Typen eines Tages dazu führen könnte, daß man ihren verstümmelten Leichnam in einem einsamen Wald auffinden würde. Er konnte Alice Cunningham nicht leiden, aber er war ehrlich genug, sich einzugestehen, daß seine Abneigung daher rührte, daß sie von Hercule Poirot keine Notiz nahm. Seine Eitelkeit war verletzt.
Dann sah er etwas, das ihn Alice Cunningham für den Augenblick vergessen ließ. An einem Tisch an der gegenüberliegenden Seite der Tanzfläche saß ein blonder junger Mann. Er war im Frack und benahm sich wie jemand, dessen einzige Sorge auf der Welt es ist, sich gut zu amüsieren. Ihm gegenüber saß das unvermeidliche Luxusgeschöpf. Er sah sie dumm und verliebt an, und jeder hätte bei dem Anblick des Paares sagen können: »Reiche Müßiggänger.« Nichtsdestoweniger wußte Poirot sehr gut, daß der junge Mann weder reich noch müßig war. Er war nämlich Detektivinspektor Charles Stevens, und es schien Poirot sehr

wahrscheinlich, daß Detektivinspektor Stevens beruflich hier war ...
Am nächsten Morgen besuchte Poirot seinen alten Freund Oberinspektor Japp in Scotland Yard.
Japps Reaktion auf seine einleitenden Fragen war unerwartet.
»Sie alter Fuchs«, schmunzelte Japp. »Wie Sie auf diese Dinge kommen, geht über meinen Verstand!«
»Aber ich versichere Ihnen, daß ich von nichts weiß – von gar nichts. Es ist reine Neugier.«
Japp sagte, das solle Poirot einem anderen weismachen.
»Sie wollen also alles über dieses Lokal ›Hölle‹ wissen. Nun, von außen ist es einfach noch einer dieser Nachtclubs. Er hat Anklang gefunden. Sie müssen eine Menge Geld machen, obwohl die Kosten natürlich ziemlich hoch sind. Angeblich führt ihn eine Russin. Sie nennt sich Gräfin Sowieso –«
»Ich kenne die Gräfin Rossakoff«, warf Poirot kühl ein, »wir sind alte Freunde.«
»Aber sie ist ja nur der Strohmann«, fuhr Japp fort. »Nicht sie hat das Geld gegeben. Vielleicht ist es der Kerl, der Oberkellner, Aristide Papopolous – er ist daran beteiligt –, aber eigentlich glauben wir auch nicht, daß es sein Lokal ist. Genaugenommen wissen wir nicht, *wem* das Ganze gehört.«
»Und Inspektor Stevens geht hin, um es herauszubekommen?«
»Oh, Sie haben Stevens dort gesehen? Bisher hat er überhaupt nichts herausbekommen. So ein Glückspilz, auf Kosten der Steuerzahler so einen Auftrag zu bekommen.«
»Und was glauben Sie denn, daß es herauszubekommen gibt?«
»Drogen! Rauschgifthandel im großen Stil. Und das

Gift wird nicht mit Geld bezahlt, sondern mit Edelsteinen.«

»Aha!«

»Die Geschichte spielt sich folgendermaßen ab. Lady Blank – oder Gräfin X – kann kein Bargeld aufbringen – und will vor allem keine großen Summen von der Bank abheben. Aber sie hat Schmuck – manchmal Familienerbstücke! Er wird irgendwohin zum ›Reinigen‹ oder ›Neufassen‹ gegeben – dort werden die Steine aus den Fassungen entfernt und durch falsche ersetzt. Die ungefaßten Steine werden hier oder auf dem Kontinent verkauft. Es geht alles ganz glatt vor sich – es gibt keinen Raub, kein Zetergeschrei danach. Früher oder später entdeckt man, daß ein gewisses Diadem oder Armband eine Fälschung ist. Lady Blank ist ganz Unschuld und Verzweiflung und kann sich nicht vorstellen, wie und wann die echten Steine durch falsche ersetzt wurden – das Armband war immer in ihrem Besitz. Sie hetzt die unglückliche, schwitzende Polizei auf eine vergebliche Jagd nach entlassenen Zofen, zweifelhaften Butlern und verdächtigen Fensterputzern.

Aber wir sind nicht ganz so dumm, wie diese hohen Herrschaften glauben. Wir hatten einige derartige Fälle kurz hintereinander – und wir fanden bei allen einen gemeinsamen Faktor – all diese Frauen zeigten die Symptome von Morphinisten oder Kokainschnupfern: Neurasthenie, Reizbarkeit, nervöses Zucken, erweiterte Pupillen und so weiter. Es stellte sich die Frage: Woher bekommen sie das Rauschgift, und wer ist der Hauptschieber?«

»Und Sie glauben, die Antwort ist dieses Lokal, die ›Hölle‹?«

»Wir glauben, daß es das Hauptquartier der ganzen Bande ist. Wir haben herausgefunden, wo der

Schmuck umgearbeitet wird – das Geschäft heißt Golconda Ltd. – von außen ganz ehrbar, feinste Juwelenimitationen. Ein widerwärtiger Typ namens Paul Varesco ist auch dabei – ah, ich sehe, daß Sie ihn kennen?«
»Ich habe ihn gesehen – in der ›Hölle‹.«
»Da gehört er hin – aber in die wirkliche! Er ist ein schrecklicher Typ – aber Frauen – sogar anständige Frauen – fressen ihm aus der Hand! Er hat gewisse Verbindungen zur Golconda Ltd., und ich bin ziemlich sicher, daß er der Mann ist, der hinter der ›Hölle‹ steckt. Sie ist ideal für seine Zwecke – jedermann geht dort ein und aus. Damen der Gesellschaft, Berufsgauner – es ist der ideale Treffpunkt.«
»Glauben Sie, daß der Austausch – echter Schmuck gegen falschen – dort vor sich geht?«
»Ja, wir kennen die geschäftliche Seite der Geschichte – wir wollen jetzt die andere Seite kennenlernen – die Rauschgiftseite. Wir wollen wissen, wer die Ware liefert und woher sie kommt.«
»Und bisher haben Sie keine Ahnung?«
»Ich glaube, es ist die Russin, aber wir haben keine Beweise. Vor einigen Wochen dachten wir noch, daß wir zum Ziel kommen würden. Varesco ging in den Golconda-Laden, nahm von dort einige Steine mit und ging geradewegs in die ›Hölle‹. Stevens beobachtete ihn, aber er sah ihn nicht das Zeug tatsächlich weitergeben. Als Varesco herauskam, nahmen wir ihn fest – er hatte die Steine nicht bei sich. Wir haben eine Razzia im Club gemacht, alles umzingelt. Resultat: keine Steine, kein Rauschgift!«
»Also ein Fiasko?«
Japp zuckte zusammen. »Das weiß ich schon. Ich hätte Unannehmlichkeiten haben können, aber zum Glück erwischten wir bei der Razzia Peverel – den Mörder

von Battersea, wissen Sie. Ein purer Glücksfall; wir hatten geglaubt, daß er nach Schottland entkommen sei. Einer unserer besten Polizeileute erkannte ihn nach den Fotografien. Ende gut, alles gut – wir haben uns mit Ruhm bedeckt. Riesenreklame für den Club – er ist seitdem überfüllter denn je.«

»Aber es bringt die Drogen-Nachforschungen nicht weiter? Vielleicht gibt es ein Versteck im Club selbst?«

»Wahrscheinlich, aber wir konnten es nicht finden. Wir haben das ganze Lokal durchstöbert. Und ganz unter uns gesagt, es hat auch eine inoffizielle Hausdurchsuchung stattgefunden –«, er zwinkerte. »Unter strengster Diskretion, es war ein ausgesprochener Hausfriedensbruch. Aber unsere Inoffizielle war kein Erfolg. Ein Mann wurde von dem verfluchten Hund fast in Stücke gerissen.«

»Aha, Zerberus?«

»Ja, blöder Name für einen Hund – wie kann man einen Hund nach einem Speisesalz nennen?«

»Zerberus«, flüsterte Poirot nachdenklich.

»Wie wäre es, wenn Sie in der Sache Ihr Glück versuchen würden?« meinte Japp. »Es ist ein interessantes Problem und der Mühe wert. Ich hasse die Raschgiftschieber. Drogen zerstören die Menschen körperlich und seelisch. Das ist wirklich die Hölle, finden Sie nicht!«

Poirot murmelte verträumt: »Es würde die Sache abrunden – ja. Wissen Sie, was die zwölfte Arbeit des Herkules war?«

»Keine Ahnung.«

»*Die Gefangennahme des Zerberus.* Es trifft sich gut, nicht wahr?«

»Ich weiß nicht, wovon Sie sprechen, mein Lieber, aber bedenken Sie: ›*Ein Mann von einem Hund zerris-*

sen‹ ist eine gute Schlagzeile für die Zeitungen.« Und Japp lehnte sich brüllend vor Lachen zurück.

»Ich habe ein ernstes Wort mit Ihnen zu sprechen«, begann Poirot.
Es war früh, und der Club war noch fast leer. Die Gräfin und Poirot saßen an einem kleinen Tisch gleich beim Eingang.
»Aber ich bin nicht in ernster Laune«, protestierte sie.
»*La petite Alice* ist immer ernst, und *entre nous*, ich finde das äußerst langweilig. Mein armer Niki, welches Amüsement wird er haben? Gar keines.«
»Ich empfinde für Sie eine große Zuneigung«, fuhr Poirot ruhig fort, »und ich möchte Sie nicht in einer sogenannten Klemme sehen.«
»Aber was Sie sagen, ist absurd! Es geht mir glänzend. Wir schwimmen in Geld.«
»Gehört dieses Unternehmen Ihnen?«
Die Augen der Gräfin wichen ihm aus.
»Gewiß«, antwortete sie.
»Aber Sie haben einen Partner?«
»Wer hat Ihnen das gesagt?« fragte die Gräfin scharf.
»Ist Ihr Partner Paul Varesco?«
»Oh, Paul Varesco! Was für eine Idee!«
»Er hat eine üble – eine kriminelle Vergangenheit. Ist Ihnen bekannt, daß Verbrecher hier verkehren?«
Die Gräfin lachte schrill auf.
»Das spricht der *bon bourgeois*! Natürlich ist es mir bekannt! Sehen Sie nicht, daß das einen Großteil der Anziehungskraft dieses Lokals ausmacht? Diese jungen Leute aus Mayfair – sie haben es satt, im Westend immer von ihrer eigenen Clique umgeben zu sein. Sie kommen her und sehen den Verbrecher, den Dieb, den Bauernfänger – vielleicht sogar den Mörder –, dessen Bild in der nächsten Sonntagsausgabe er-

scheint! Das entzückt sie – sie glauben, sie sehen das wirkliche Leben! Und der wohlhabende Geschäftsmann auch, der die ganze Woche Hosen, Hemden und Strümpfe verkauft! Welche Abwechslung nach seinem achtbaren Leben und seinen achtbaren Freunden! Und dann, noch eine Sensation – dort an einem Tisch, seinen Schnurrbart streichend, sitzt der Inspektor von Scotland Yard – ein Polizeiinspektor im Frack!«

»Also wußten Sie es?« sagte Poirot leise.

Ihre Augen begegneten einander, und sie lächelten.

»*Mon cher ami*, ich bin nicht so dumm, wie Sie glauben.«

»Wird hier auch mit Drogen gehandelt?«

»Ah, *ça non!*« Die Gräfin protestierte energisch. »Das wäre mir ein Greuel.«

Poirot blickte sie eine Weile prüfend an, dann seufzte er.

»Ich glaube Ihnen«, seufzte er wieder. »Aber in diesem Fall ist es um so wichtiger, daß Sie mir sagen, wem dieser Club tatsächlich gehört.«

»Mir; ich bin doch die Besitzerin!« fuhr sie auf.

»Auf dem Papier, ja. Aber Sie haben einen Hintermann.«

»Wissen Sie, *mon ami*, ich finde Sie ein wenig zu neugierig. Ist er nicht viel zu neugierig, Doudou?«

Ihre Stimme senkte sich zu einem Girren, als sie die letzten Worte aussprach, und sie warf den Entenknochen von ihrem Teller dem großen schwarzen Köter zu, der ihn gierig zuschnappend auffing.

»Wie nennen Sie dieses Tier?« fragte Poirot abgelenkt.

»*C'est mon petit Doudou!*«

»Aber dieser Name ist lächerlich für ihn!«

»Aber er ist so süß! Er ist ein Polizeihund! Er kann alles – alles –, warten Sie!«

Sie erhob sich, sah sich um und nahm plötzlich einen Teller mit einem großen saftigen Steak, das eben einem Gast an einem Tisch in der Nähe serviert worden war. Sie ging zu der Marmornische hinüber und stellte den Teller vor den Hund, während sie ihm zugleich ein paar Worte auf russisch zurief.
Zerberus starrte vor sich hin, als wäre das Steak nicht da.
»Sehen Sie? Und es ist nicht eine Angelegenheit von Minuten. Nein, er bleibt stundenlang so, wenn es sein muß.«
Dann sagte sie ein Wort, und wie der Blitz beugte Zerberus seinen langen Hals, und das Steak verschwand wie weggezaubert.
Vera Rossakoff warf die Arme um den Hals des Hundes und umarmte ihn leidenschaftlich, sie stellte sich dazu auf die Zehenspitzen.
»Schauen Sie, wie sanft er sein kann«, rief sie, »mit mir, mit Alice, mit allen seinen Freunden – sie können mit ihm machen, was sie wollen! Aber ich muß nur ein Wort sagen und schon – ich kann Ihnen versichern, er würde zum Beispiel einen Polizeiinspektor in kleine Stücke zerreißen! Ja, in kleine Stücke!«
Sie brach in schallendes Gelächter aus.
»Ich brauche nur ein Wort zu sagen –«
Poirot unterbrach sie hastig. Er mißtraute dem Humor der Gräfin. Inspektor Stevens konnte in Lebensgefahr schweben.
»Professor Liskeard möchte Sie sprechen.«
Der Professor stand vorwurfsvoll neben ihr.
»Sie haben mein Steak genommen«, beklagte er sich. »Warum haben Sie gerade mein Steak genommen?«

»Donnerstag nacht, mein Lieber«, sagte Japp. »Da steigt die Geschichte. Es ist natürlich Andrews Res-

sort – Rauschgiftkommando –, aber er wird entzückt sein, wenn Sie mitmachen. Nein, danke, ich nehme keinen Ihrer feinen *Sirops*, ich muß meinen Magen schonen. Ist das dort drüben Whisky? Das ist schon eher mein Fall!«
Er stellte sein Glas ab und fuhr fort:
»Ich glaube, wir haben das Rätsel gelöst. Der Club hat noch einen anderen Ausgang, und wir haben ihn gefunden!«
»Wo?«
»Hinter dem Grill. Ein Teil des Grills schwingt herum.«
»Aber man würde doch bestimmt sehen –«
»Nein, alter Junge. Als die Razzia war, ging das Licht aus – die Hauptsicherung wurde ausgedreht –, und wir brauchten einige Minuten, um sie wieder einzuschalten. Niemand konnte bei der Vordertür hinaus, weil sie bewacht wurde, aber jetzt ist es klar, daß während des Tumultes jemand durch die Geheimtür hinausschlüpfen konnte. Wir haben das Haus hinter dem Club untersucht, und so sind wir auf den Trick gekommen.«
»Und was soll man machen?«
Japp zwinkerte.
»Die Sache plangemäß abrollen lassen – die Polizei erscheint, die Lichter gehen aus – und jemand wartet an der anderen Seite der Geheimtür, um zu sehen, wer durchkommt. Dieses Mal erwischen wir sie!«
»Warum Donnerstag?«
Japp zwinkerte wieder.
»Wir wissen jetzt ziemlich genau, was in der Golconda vorgeht. Donnerstag kommt Ware von dort heraus. Die Smaragde der Lady Camington.«
»Sie gestatten, daß ich auch ein bis zwei kleine Vorkehrungen treffe.«

Donnerstag abend, an seinem gewohnten Tisch in der Nähe des Eingangs sitzend, studierte Poirot seine Umgebung. Wie gewöhnlich war in der ›Hölle‹ Hochbetrieb.
Die Gräfin war beinahe noch auffallender geschminkt als sonst. Sie wirkte an diesem Abend sehr russisch, klatschte in die Hände und schrie vor Lachen. Paul Varesco war erschienen. Manchmal trug er einen tadellosen Frack, manchmal, wie heute, kam er wie ein Dandy mit eng zugeknöpftem Jackett und einem Schal um den Hals. Er sah lasterhaft und attraktiv aus. Er machte sich von einer dicken, ältlichen, mit Brillanten bedeckten Dame los und beugte sich über Alice Cunningham, die an einem Tischchen saß und eifrig Notizen machte, um sie zu einem Tanz aufzufordern. Die dicke Dame warf Alice einen finsteren Blick zu und sah Varesco schwärmerisch an.
In Miss Cunninghams Augen lag keine Schwärmerei. Sie blitzten vor reinem Wissensdrang, und Poirot fing Bruchstücke ihrer Konversation auf, als sie an ihm vorbeitanzten. Sie war vom Kinderfräulein zur Hausmutter in Paul Varescos Internatsschule übergegangen.
Als die Musik aufhörte, setzte sie sich zu Poirot. Sie sah freudig erregt aus.
»Höchst interessant«, sagte sie. »Varesco wird einer der interessantesten Fälle in meinem Buch sein. Die Symbolik ist unverkennbar. Schwierigkeiten mit den Hemden zum Beispiel – für Hemd lese man *härenes Hemd* mit all seinen Assoziationen – und die ganze Sache wird sonnenklar. Man kann sagen, daß er ein ausgesprochener Verbrechertypus ist. Aber er kann geheilt werden –«
»Gauner zu bekehren, ist schon immer ein Lieblingstraum der Frauen gewesen.«

Alice Cunningham blickte ihn kalt an.
»In dieser Sache ist nichts Persönliches, Monsieur Poirot.«
»Das ist immer so«, meinte Poirot. »Es ist immer reinste Nächstenliebe – nur ist das Objekt gewöhnlich ein anziehendes Mitglied des anderen Geschlechts. Interessieren Sie sich zum Beispiel dafür, in welche Schule ich ging und welche Einstellung die Hausmutter zu mir hatte?«
»Sie sind kein Verbrechertyp«, erwiderte Miss Cunningham.
»Erkennen Sie einen Verbrechertyp, wenn Sie ihn sehen?«
»Ganz gewiß.«
Professor Liskeard gesellte sich zu ihnen. Er setzte sich neben Poirot.
»Sprechen Sie von Verbrechern? Sie sollten das Gesetzbuch von Hammurabi studieren, Monsieur Poirot. 1800 vor Christi Geburt. Höchst interessant. Der Mann, der während eines Brandes stiehlt, soll ins Feuer geworfen werden.«
Er blickte mit Wohlbehagen auf den elektrischen Grill vor sich.
»Und es gibt noch ältere sumerische Gesetze. Wenn eine Frau ihrem Mann sagt, du bist nicht mein Mann, so werfe man sie in den Fluß. Ist einfacher und billiger als eine Scheidung. Aber wenn ein Mann das gleiche zu seiner Frau sagt, muß er nur ein bestimmtes Maß Silber zahlen. Niemand wirft ihn ins Wasser.«
»Immer die alte Geschichte«, klagte Alice Cunningham, »ein Gesetz für die Frau und eines für den Mann.«
»Frauen haben natürlich mehr Sinn für den Geldwert«, sagte Professor Liskeard nachdenklich. »Wissen Sie«, fügte er hinzu, »ich liebe dieses Lokal. Ich komme fast

jeden Abend hierher. Ich muß nichts bezahlen. Die Gräfin hat das liebenswürdigerweise arrangiert – weil ich sie wegen der Dekoration beraten habe. Obwohl sie eigentlich nichts mit mir zu tun haben – ich hatte keine Ahnung, warum sie mich befragte –, und natürlich haben sie und der Maler alles ganz falsch aufgefaßt. Ich hoffe, niemand wird je erfahren, daß ich auch nur im entferntesten etwas mit dem fürchterlichen Zeug zu tun hatte. Es würde mich auf ewig unmöglich machen. Aber sie ist eine wundervolle Frau – ein wenig wie eine Babylonierin, finde ich. Die Babylonierinnen waren gute Geschäftsfrauen, wissen Sie –«
Die Worte des Professors wurden von plötzlichem Geschrei übertönt. Man hörte das Wort »Polizei« – Frauen sprangen auf, es herrschte plötzlich ein wildes Durcheinander. Die Lichter verlöschten und der elektrische Grill ebenfalls.
Inmitten des Tumults fuhr der Professor ruhig fort, Auszüge aus dem Gesetzbuch Hammurabis zu zitieren.
Als die Lichter wieder aufflammten, war Hercule Poirot auf halber Höhe der breiten Treppe, die zum Ausgang führte. Die Polizeibeamten an der Tür grüßten ihn respektvoll, und er ging auf die Straße hinaus und schlenderte zur Straßenecke. Hinter der Ecke stand an die Wand gepreßt ein kleiner, parfümierter Mann mit einer roten Nase. Er flüsterte heiser und ängstlich:
»Ich bin da, Chef. Soll ich es jetzt machen?«
»Ja, los.«
»Aber es sind so viele Polizisten hier.«
»Das macht nichts. Sie wissen von Ihnen.«
»Ich hoffe nur, sie werden sich nicht einmischen, das ist alles.«

»Sie werden sich nicht einmischen. Sind Sie auch sicher, daß Sie Ihr Vorhaben durchführen können? Das Tier, um welches es sich handelt, ist groß und bissig.«
»Mit mir wird er nicht bissig sein«, meinte das Männchen zuversichtlich. »Nicht mit dem, was ich bei mir habe. Jeder Hund folgt mir dafür in die Hölle.«
»In diesem Fall«, flüsterte Poirot, »soll er Ihnen *aus* der ›Hölle‹ folgen.«

In den frühen Morgenstunden klingelte das Telefon. Poirot nahm den Hörer ab.
Japps Stimme ertönte aus dem Apparat.
»Sie haben mich gebeten, Sie anzurufen.«
»Ja, gewiß. *Eh bien?*«
»Kein Rauschgift – wir haben die Smaragde gefunden.«
»Wo?«
»In Professor Liskeards Tasche.«
»Professor Liskeard?«
»Wundert Sie auch, nicht wahr? Offen gestanden, ich weiß nicht, was ich davon halten soll. Er sah so erstaunt drein wie ein neugeborenes Kind, starrte sie an und sagte, er habe nicht die leiseste Ahnung, wie sie in seine Tasche gekommen sind, und zum Teufel noch mal, ich glaube, er spricht die Wahrheit! Varesco kann sie ihm während der Verdunkelung leicht in die Tasche geschmuggelt haben. Ich kann mir nicht vorstellen, daß ein Mann wie der alte Liskeard in eine solche Geschichte verwickelt ist. Er ist Mitglied all dieser hochtrabenden Gesellschaften, er steht sogar mit dem British Museum in Verbindung. Das einzige, wofür er je Geld ausgibt, sind Bücher und noch dazu muffige, antiquarische Bücher. Nein,

das paßt nicht zu ihm. Ich fange an zu glauben, daß die ganze Sache ein Irrtum unsererseits ist – daß in dem Club gar nie Drogen kursierten.«

»O doch, mein Lieber, es war Rauschgift dort, und zwar noch gestern nacht. Sagen Sie mir, ist niemand durch die Geheimtür herausgekommen?«

»Doch, der Prinz Henry von Sandenberg und sein Stallmeister – er ist erst gestern in England angekommen. Vitamian Evans, der Minister; übrigens, ein teuflischer Beruf, Labour-Minister zu sein, man muß so vorsichtig sein! Niemand kümmert sich darum, wenn ein Tory-Minister in Saus und Braus lebt, weil die Steuerzahler glauben, daß es sein eigenes Geld ist – aber wenn es ein Mann von der Labour-Partei tut, so glauben die Leute, daß er ihr Geld ausgibt. Und so ist es auch in gewissem Sinn. Lady Beatrice Viner war die letzte – sie heiratet übermorgen den jungen Herzog von Leominster, diesen Tugendbold. Ich glaube nicht, daß irgend jemand von ihnen in die Geschichte verwickelt war.«

»Sie haben recht. Dessenungeachtet *war* Rauschgift im Club, und jemand hat es aus dem Club herausgeschafft.«

»Wer?«

»Ich, *mon ami*«, sagte Poirot sanft.

Er legte den Hörer auf und schnitt Japps aufgeregtes Gestammel ab, als es klingelte. Er ging hinaus und öffnete die Eingangstür. Die Gräfin Rossakoff rauschte herein.

»Wenn wir nicht leider zu alt wären, wie kompromittierend wäre das!« rief sie aus. »Sie sehen, ich bin gekommen, wie Sie es mir in Ihrem Briefchen geschrieben haben. Ich glaube, ein Polizist folgt mir, aber er kann draußen bleiben. Und nun, mein Freund, was gibt es?«

Poirot nahm ihr galant ihren Pelz ab.
»Warum haben Sie die Smaragde in Professor Liskeards Tasche gesteckt?« fragte er ohne Umschweife.
»Ce n'est pas gentil ce que vous avez fait là!«
Die Gräfin machte große Augen.
»Ich wollte die Smaragde natürlich in Ihre Tasche stekken.«
»In *meine* Tasche?«
»Gewiß. Ich ging zu dem Tisch hinüber, an dem Sie gewöhnlich sitzen, aber die Lichter waren ausgelöscht, und so habe ich sie vermutlich aus Unachtsamkeit in die Tasche des Professors gesteckt.«
»Und warum wollten Sie gestohlene Smaragde in meine Tasche stecken?«
»Ich mußte geistesgegenwärtig sein, wissen Sie – und da schien es mir das beste.«
»Wirklich, Vera, Sie sind unbezahlbar.«
»Aber, lieber Freund, bedenken Sie! Die Polizei kommt. Die Lichter gehen aus (unser kleines Privatabkommen, damit die Gäste nicht in Verlegenheit geraten), und eine Hand nimmt meine Handtasche vom Tisch weg. Ich reiße sie wieder an mich, aber ich fühle durch den Samt drinnen etwas Hartes. Ich stecke meine Hand hinein, und mit dem Tastsinn merke ich, daß es Schmuck ist, und erfasse sofort, wer ihn hineingelegt hat.«
»So, wirklich?«
»Natürlich weiß ich es! Es ist dieser *salaud*! Dieses Reptil, dieses Ungeheuer, dieser doppelzüngige, hinterlistige, kriechende Wurm, dieser dahergelaufene letztklassige Kerl, Paul Varesco.«
»Der Mann, der in der ›Hölle‹ Ihr Partner ist?«
»Ja, ja, er ist der Eigentümer, er ist der Geldgeber. Bis jetzt habe ich ihn nicht verraten – ich kann Wort halten, ich! Aber jetzt, wo er mich hintergeht, wo er ver-

sucht, mich in eine Sache mit der Polizei zu verwickeln – ah! Jetzt spucke ich seinen Namen aus – ja, ich spucke ihn aus!«

»Beruhigen Sie sich«, besänftigte sie Poirot, »und kommen Sie mit mir ins Nebenzimmer.«

Er öffnete die Tür. Es war ein kleines Zimmer und schien im ersten Augenblick vollkommen ausgefüllt mit Hund. Zerberus hatte sogar in den weiten Räumen der ›Hölle‹ überlebensgroß gewirkt, in dem winzigen Speizezimmer von Hercule Poirots Etagenwohnung schien außer Zerberus nichts in dem Raum zu sein. Immerhin war noch das parfümierte Männchen da.

»Wir sind plangemäß hier aufgetaucht, Chef«, sagte der kleine Mann mit heiserer Stimme.

»Doudou!« kreischte die Gräfin. »Mein süßer Doudou!«

Zerberus klopfte mit dem Schwanz auf den Boden, aber er rührte sich nicht.

»Darf ich Ihnen Mr. William Higgs vorstellen«, übertönte Poirot das Klopfen von Zerberus' Schweif. »Ein Meister seines Faches. Während des Durcheinanders von gestern nacht hat Mr. Higgs Zerberus aus der ›Hölle‹ hierhergelockt.«

»*Sie* haben ihn herausgelockt?« Die Gräfin starrte das mausartige Männchen ungläubig an. »Aber *wie? Wie?*«

Mr. Higgs senkte verschämt die Augen.

»Das kann ich vor einer Dame nicht sagen. Aber es gibt Dinge, denen kein Hund widerstehen kann. Wenn ich will, folgt mir ein Hund überallhin. Natürlich, wissen Sie, wirkt es bei Hündinnen nicht – nein, das ist etwas ganz anderes.«

Die Gräfin Rossakoff wandte sich an Poirot.

»Aber warum? *Warum?*«

Poirot erklärte langsam:

»Ein Hund, der für diesen Zweck abgerichtet ist, wird

einen Gegenstand so lange im Maul behalten, bis er den Befehl bekommt, ihn loszulassen. Wollen Sie ihrem Hund jetzt den Befehl geben, das, was er im Maul hält, loszulassen?«
Vera Rossakoff machte große Augen, wandte sich um und äußerte zwei scharfe Worte.
Zerberus' großes Maul öffnete sich, und dann wurde es wirklich beängstigend. Zerberus' Zunge schien ihm aus dem Maul zu fallen ...
Poirot trat vor. Er hob ein kleines, in rosa Kautschuk eingewickeltes Paket auf. Drinnen war ein Päckchen weißen Pulvers.
»Was ist das?« fragte die Gräfin scharf.
Poirot sagte ruhig:
»Kokain. Dem Anschein nach eine so kleine Menge – aber genug, um jenen, die gewillt sind, dafür zu bezahlen, Tausende Pfunde wert zu sein ... Genug, um Hunderten Elend zu bringen ...«
Sie schnappte nach Luft.
»Und Sie glauben, daß *ich* – aber das ist nicht wahr«, rief sie. »Ich schwöre Ihnen, es ist nicht wahr! In der Vergangenheit habe ich mich mit den Schmuckstücken, den *bibelots*, den kleinen Kuriositäten amüsiert – all das hilft einem zu leben, wissen Sie. Und ich denke mir, warum nicht? Warum soll ein Mensch eine Sache eher besitzen als ein anderer?«
»Ganz wie ich bei den Hunden denke«, warf Mr. Higgs ein.
»Sie können Recht und Unrecht nicht unterscheiden«, sagte Poirot bekümmert zu der Gräfin.
Sie fuhr fort:
»Aber Rauschgift – das nicht! Denn die bringen Elend, Schmerzen und Verfall. Ich hatte keine Ahnung, daß meine reizende, unschuldige, entzückende kleine ›Hölle‹ zu diesem Zweck mißbraucht wird!«

»Ich bin ganz Ihrer Meinung, was die Rauschgifte betrifft«, sagte Mr. Higgs. »Das Dopen von Windhunden – das ist eine Gemeinheit. Ich möchte nie mit so etwas zu tun haben, und ich habe nie mit so etwas zu tun gehabt.«
»Oh, sagen Sie, daß Sie mir glauben, mein Freund«, flehte die Gräfin.
»Natürlich glaube ich Ihnen. Habe ich mir nicht Zeit und Mühe genommen, um den wirklichen Organisator des Rauschgifthandels zu überführen? Habe ich nicht die zwölfte Arbeit des Herkules vollbracht und Zerberus aus der ›Hölle‹ herausgeholt, um meinen Fall zu beweisen? Und eines möchte ich Ihnen sagen: Ich sehe meine Freunde nicht gerne eingesperrt – ja, eingesperrt –, denn Sie waren als Sündenbock ausersehen, wenn die Sache schiefgehen sollte. In Ihrer Handtasche wären die Smaragde gefunden worden, und wenn jemand so klug gewesen wäre wie ich, um im Maul eines bissigen Hundes ein Versteck zu vermuten – *eh bien*, er ist Ihr Hund, nicht wahr? Auch wenn er *la petite Alice* soweit akzeptiert hat, daß er auch ihr gehorcht. Ja, sperren Sie nur die Augen auf. Vom ersten Augenblick an konnte ich diese junge Dame mit ihrem wissenschaftlichen Jargon und ihrem Kostüm mit den großen Taschen nicht leiden. Ja, *Taschen*. Es ist unnatürlich, daß eine Frau so wenig auf ihr Äußeres gibt! Und was sagt sie mir – daß es nur auf die Tiefe ankommt. Aha! Und was ist tief? Taschen sind tief, in denen sie Drogen verbergen und Schmuck wegtragen kann – ein kleiner Austausch, der sich leicht bewerkstelligen läßt, während sie mit ihrem Komplizen tanzt, den sie angeblich als psychologischen Fall studiert, was für ein Deckmantel! Niemand verdächtigt die ernste Psychologin, das Fräulein Dr. med. Sie kann Rauschgifte einschmuggeln und sie

ihren reichen Patienten angewöhnen und sie überreden, das Geld für einen Nachtclub herzugeben, und ihn dann von jemandem führen lassen – der, sagen wir, in der Vergangenheit eine kleine Schwäche hatte. Aber sie verachtet Hercule Poirot, sie glaubt, sie kann ihn mit ihrem Geschwätz über Kindermädchen und Hemden täuschen. *Eh bien*, ich war auf das vorbereitet. Die Lichter gehen aus. Ich stehe schnell von meinem Tisch auf und stelle mich neben Zerberus. In der Dunkelheit höre ich sie kommen. Sie öffnet ihm das Maul und zwängt das Päckchen hinein, und ich – ganz zart, von ihr unbemerkt, schneide mit einem Scherchen ein Stückchen Stoff von ihrem Ärmel ab.«
Er zog schwungvoll die Trophäe hervor.
»Sie sehen – genau das gleiche karierte Tweedmuster –, und ich werde es Japp geben, damit er es dort einfügt, wohin es gehört, und die junge Dame verhaftet – und sagt, wie klug Scotland Yard wieder einmal gewesen ist.«
Die Gräfin Rossakoff starrte ihn entgeistert an. Plötzlich ertönte aus ihrem Mund ein Klageton wie von einem Nebelhorn:
»Aber mein Niki – mein Niki. Das wird furchtbar für ihn sein!« Sie hielt inne. »Oder glauben Sie nicht?«
»Es gibt eine Menge anderer Mädchen in Amerika«, sagte Hercule Poirot.
»Und ohne Sie wäre seine Mutter jetzt im Gefängnis – im *Gefängnis* – mit abgeschnittenen Haaren – in einer Zelle sitzend – und nach Karbol duftend! Ah, aber Sie sind großartig – *großartig*.«
Sie erhob sich majestätisch, schloß Poirot in ihre Arme und küßte ihn mit slawischer Glut. Mr. Higgs sah entzückt zu. Der Hund Zerberus klopfte mit dem Schweif auf den Boden.
Mitten in diese Freudenszene ertönte die Glocke.

»Japp«, rief Poirot und befreite sich aus den Armen der Gräfin.

»Ich gehe lieber ins andere Zimmer«, sagte die Gräfin. Sie schlüpfte durch die Verbindungstür. Poirot wollte zur Eingangstür eilen.

»Chef«, keuchte Mr. Higgs ängstlich, »schauen Sie zuerst in den Spiegel.«

Poirot gehorchte und fuhr zurück. Lippenstift und Mascara verzierten sein Gesicht in wildem Durcheinander.

»Wenn das Mr. Japp von Scotland Yard ist, wird er bestimmt auf das Ärgste gefaßt sein«, erklärte Mr. Higgs.

Als die Glocke wieder läutete und Poirot fieberhaft versuchte, grellrotes Fett von seinen Schnurrbartspitzen zu entfernen, fügte das Männchen hinzu: »Was soll ich tun? – auch verschwinden? Und was geschieht mit diesem Höllenhund hier?«

»Wenn ich mich recht entsinne«, sagte Hercule Poirot, »so kehrt Zerberus in die ›Hölle‹ zurück.«

»Ganz wie Sie wünschen«, sagte Mr. Higgs. »Eigentlich hatte ich ein Auge auf ihn geworfen ... aber er ist nicht der Hund, den ich klauen möchte – nicht für immer – zu auffallend, wenn Sie mich verstehen. Und stellen Sie sich vor, was er mich an Koteletts und Pferdefleisch kosten würde. Frißt soviel wie ein junger Löwe, denke ich.«

»Vom Nemeischen Löwen zur Gefangennahme des Zerberus«, murmelte Poirot, »die Prüfungen sind beendet.«

Eine Woche darauf brachte Miss Lemon ihrem Chef eine Rechnung.

»Entschuldigen Sie, Monsieur Poirot, stimmt es, daß ich das bezahlen soll? *Leonora, Blumenhandlung. Rote*

Rosen. Elf Pfund, acht Shilling und Sixpence. Abgegeben bei Gräfin Vera Rossakoff, ›Hölle‹, 13 End. Str., W.C.I.«
Wie die Farben der Rosen, so waren Hercule Poirots Wangen. Er errötete bis unter die Haarwurzeln.
»Es stimmt vollkommen, Miss Lemon. Ein kleiner Tribut – hm – zu – zu einem Anlaß. Der Sohn der Gräfin hat sich gerade in Amerika verlobt mit der Tochter seines Chefs, eines Stahlmagnaten. Rote Rosen sind – wenn ich mich recht erinnere – ihre Lieblingsblumen.«
»So«, bemerkte Miss Lemon trocken. »Sie sind um diese Jahreszeit sehr teuer.«
Hercule Poirot richtete sich auf:
»Es gibt Augenblicke, wo man nicht spart.«
Ein kleines Liedchen summend, ging er zur Tür hinaus. Sein Gang war leicht, elastisch. Miss Lemon starrte ihm nach. Ihr Karteisystem war vergessen. All ihre weiblichen Instinkte waren geweckt.
»Du meine Güte«, murmelte sie. »Ich frage mich ... Wirklich! In seinem Alter? ... Das kann nicht sein ...«

Inhalt

Der Kretische Stier 5

Die Stuten des Diomedes 38

Der Gürtel der Hippolyta 62

Geryons Herde 81

Die Äpfel der Hesperiden 106

Die Gefangennahme des Zerberus 126

Dorothy Sayers

Dorothy Sayers, 1893 in Oxford als Tochter eines Pfarrers geboren, studierte Philologie und gehörte zu den ersten Frauen, die die berühmte Universität ihrer Heimatstadt mit dem Titel »Master of Arts« verließen. 1922 ging sie nach London, um ihren Lebensunterhalt mit Schreiben zu verdienen. Ihre berühmten Kriminalromane und Kurzgeschichten erschienen zwischen 1923 und 1939. Danach hatte sie es – bis zu ihrem Tod am 17. Dezember 1957 – nicht mehr nötig, für ihren Broterwerb zu arbeiten.

Mit der Figur des Lord Peter Wimsey hat Dorothy Sayers einen Detektiv geschaffen, der bis heute unvergleichlich ist, weil er (und seine Erfinderin) herkömmliche Fälle zu einem psychologisch außergewöhnlich interessanten, literarischen Leseerlebnis macht.

Von Dorothy Sayers sind erschienen:

Eines natürlichen Todes
Der Fall Harrison
Feuerwerk
Die Katze im Sack
Lord Peters schwerster Fall
Der Mann, der Bescheid wußte
Der Tote in der Badewanne

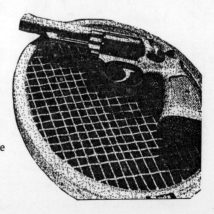

Charmant, frivol und voller Lebensfreude

300 Seiten / Roman / Leinen

Diese prickelnden, frivolen Abenteuer einer temperamentvollen, zur Liebe geborenen Frau sind hinreißend komisch und geistreich erzählt und voll gepfefferter Lebensweisheit.